김기종 제3시집

버리고싶은
낙서로
삶의
모닥불피우며

김기종 제3시집

**버리고 싶은 낙서로
삶의 모닥불 피우며**

2011년 02월 05일 초판인쇄
2011년 02월 10일 초판발행
지은 이 | 김 기 종
펴낸 이 | 홍 철 부
펴낸 곳 | **문 지 사**
등록일 | 1978. 8. 11(제 3-50호)
서울특별시 은평구 갈현1동 423-16
전 화 02) 386-8451
        02) 386-8452
팩 스 02) 386-8453

_____

값 8,000원

버리고싶은
낙서로
삶의
모닥불피우며

작은 시집을 엮으며 ─────────────────

'최초의 꿈의 주인은 누구였을까.'

나는 열린 새벽빛으로 영혼을 씻는 순례자이고 싶습니다. 그래서 나는 늘 행복을 사색하는 가난한 자로 소유하고 있는 재산이란 꿈의 조각들 뿐입니다.

봄에 핀 꽃이 겨울의 꿈이었다는 것을, 마치 없는 것처럼 투명한 것이 물의 미덕이라는 것을, 추억은 더렵혀진 삶의 아름다운 꽃이라는 것을, 성공이란 인생의 여백에 그리는 그림이라는 것을, 당신이 바로 삶의 목적지라는 것을 이해할 수 있다면 나는 내 마음의 작은 등불을 사랑의 별로 삼고 싶습니다.

이제 내 삶의 마지막 문은 벌판을 향해 열려 있습니다.

떠난다는 것은 돌아오기 위해서 필요한 것처럼 언제인가 나는 꽃이 되어 다시 태어날 것입니다.

2010년 12월 마지막 날

김 기종씀

5

차•례

제1부 버리고 싶은 세월의 낙서들

김
기
종

제
3
시
집

버
리
고
싶
은

낙
서
로

삶
의

모
닥
불
을

피
우
며

김
기
종

제
3
시
집

버
리
고

싶
은

낙
서
로

삶
의

모
닥
불
을

피
우
며

01191943•87

제2부 **다시 남기고 싶은 삶의 여정들**

김기종 제3시집 버리고 싶은 낙서로 삶의 모닥불을 피우며

김
기
종

제
3
시
집

버
리
고
싶
은

낙
서
로

삶
의

모
닥
불
을

피
우
며

김기종 제3시집 버리고 싶은 낙서로 삶의 모닥불을 피우며

제1부
버리고 싶은 세월의 낙서들

To day

텅 빈
공간 속에 묻힌 듯
어제도
오늘도 변함없이 살고 있구나
5월의 들봄은 무르익어가고
덧없이
흘러간 나날들이여!

- 2006. 5. 2

✻ 삶의 노트
지금 나는 오직 당신을 위하여 이 짧은 영혼의 글을 쓰며, 두렵고
적막한 시간을 감당하기 위해서 이 글로 위안을 얻으려고 합니다.
내가 쓰고 싶은 글의 내용은 개인적인 사상과 감동까지 뛰어넘어
원시의 밤처럼 풍요롭게 당신의 내부에 열정의 불꽃을 밝혀 그 속
에서 만나보게 될 작은 책입니다.

무 제

갯바위에 홀로 앉아
먼 수평선을
어슴프레한 눈망울로
하염없이 바라보지만
내 맘 속에 굳어 있는 웅어리는
숙제처럼 풀리지 않는다.
    - 2006. 6. 9

＊ 삶의 노트
삶을 선택해서는 안 됩니다. 무선택으로 삶을 고요히 흘러보낼 때
우리의 삶은 신성합니다. 또한 삶의 유일한 길은 그 체험에 이르고
있는 사람과 함께 동행하는 것을 말합니다.
그러므로 우리의 삶은 인생을 즐기고 축하하기 위해서 있는 것입니
다. 삶은 시장의 상품과 같은 것이라기보다는 한 편의 시와 같은
아름다움입니다.

창밖의 여인

지루한 비가 내린다.
7월 장마라, 찔금찔금
항상 하늘은
먹구름에 꽉 메워서
별과 해와 달은
보이지 않고
창밖의 여인만이
떠오를 뿐
하루가 빗속에 잠긴다.
- 2007. 7. 11

* 삶의 노트
나뭇잎 사이로 속삭이며 내리는 아련한 빗소리, 안개가 피어오르는 대지의 향기, 황혼 무렵에 들려오는 고요한 음향, 파도에 흔들리우는 외로운 흰 돛단배, 어둠 속에서 반짝거리는 먼 마을의 작은 불빛들, 적막한 호수에서 그림처럼 피어나는 보랏빛 엷은 안개, 텅빈 도시의 일요일 거리와 같은 불안함이 바로 삶의 모습입니다.

못 잊어

나 그대 못 잊어
이 밤이 다 지나도록
눈물에 젖어 슬픔에 잠긴다.
참을 수 없는 격정의 강을 건너
아득한 옛일들이 새삼스러워
꼬박 이 밤을 지새웠습니다.
촛불을 켜 놓고
지난날을 돌이켜보면
아쉬움 속에서 속삭이는 말
아! 나 그대 못 잊어
죽음이 내 앞을 지나쳐도
황홀했던 그때 한 시절을.

  - 2007. 8. 6

✽ 삶의 노트
사랑에는 두 얼굴이 있습니다.
'굶주림과 만족'
우리는 굶주림을 미움으로 착각하고 사랑을 떠나보냅니다.
사실 미움은 현존해 있는 것이 아니라 오히려 사랑을 더욱 강하게
만들 뿐입니다. 왜냐 하면 사랑이라는 것은 미움을 흡수할 수 있기
때문입니다.

기다림

끝없이 흘러가는 순간들
어쩔 수 없는 공허감이여
지난날의 추억과 범벅이 되어
하루하루를 넘긴다.
아! 내 사랑 그대여.
참을 수 없는 지루함에 시달려
짜증을 낸들 어쩌랴
참아라, 한순간 지난 후에야
만남도 있고 반가움도 헤어짐이 있기에
새로운 정감이 샘 솟듯
기다림의 연속이라
그리움에 쌓인 허탈함이여.

- 2007. 7. 27

＊ 삶의 노트
나에게는 비밀스러운 그 어떤 사랑을 기다리는 밤들이 있었습니다.
그런 밤은 육체보다 더 깊고 어두웠습니다.
깊은 심연, 그 속에는 모든 시간이 가라앉아 있습니다. 이따금 나
는 과거 속에서 한 묶음의 추억을 찾아 젊은 날의 이야기를 아름답
게 꾸며 보려고 노력해 보지만, 그것은 지난 세월의 잔해해 지나지
않았습니다. 그래서 지금 나는 기다림의 또다른 문 앞에 서 있는
초라한 나그네입니다.

행 복

세월은 끊임없이 흘러가고
우주만상은 변함이 없건만
마음속에 숨겨진 사랑이여!
따뜻한 목화송이처럼
푸근한 보금자리
행복에 겨워 웃음짓네
저 멀리 북한강이 넘실거리니
마치골의 '예가藝家'라도 흥청거려 보려무나
마지막 가는 길이랴
살아 생전의 부모님께
어리광이라도 부려볼 걸

- 2007. 9. 9

· 예가藝家 : 시인의 집

＊ 삶의 노트
행복함은 아침에 일어나 정원에 꽃이 피어 있음을 볼 때, 행복함은
손님도 찾아오지 않고 마음을 기울여 책을 읽을 때. 행복함은 온
가족이 모여 화목하게 음식을 먹을 때. 행복함은 사랑하는 사람의
눈빛을 바라보고 있을 때. 행복함은 눈오는 깊은 밤 먼 북극의 마
을을 떠올릴 때.

역 경

춥다. 어지간히 추운 곳
그러나 여름은 너무 덥구나
눈이 오고 비가 와도
세차게 바람이 몰아쳐도
살아야 한다는 생각……
살고말고 꼭 살아야 한다
뭐가 장애란 말인가?
망막이냐, 심부전 말기냐?
죽음보다는 그 고통을 넘겨야 하는
삶
고희를 바라보게 되었구나.
인생의 고비고비를 넘어보자
수많은 역경을 힘겹게
하루같이 살아보자
- 2007. 9. 11

＊ 삶의 노트
죽음은 미래가 없는 어둠이다. 이미 과거는 지나가 버렸다. 그리하
여 미래조차 잊어버려야 한다. 죽음 앞에서 모든 것은 완벽하다.
죽음을 맞이할 때 비로소 나는 자유로워질 수 있다. 하나의 삶을
삶답게 살았을 때 죽음으로부터 해방될 것이다.

성형외과

안암골의 고원에서
늙어가는 두 인생이 서로 도우며
가는 길이 아무리 험난하고
장벽이 가로 놓여 있더라도
무슨 상관이 있단 말인가?
발목에 상처가 깊어
갖가지 재앙이 내린 듯하지만
네 활개를 활짝 펴서 맞으리라.
내 갈 길을
내 할 일을
- 2007. 9. 19

✻ 삶의 노트
나의 하루 하루의 일상은 폭풍우에 쓰러진 꽃, 무덤 위에 놓여진
꽃다발, 계속되지 않는 맑은 날, 어둠 속으로 떨어지는 별, 심연
위에 덮힌 슬픔과 베일의 연속이었습니다.

갈림길

어디로 갈까, 이 길 저 길을
세상의 어지러운 일이
다 나에게로 몰려온다 한들
반길 리 없지만 조롱을 하듯
내 마음을 허탈하게 만든다.
몸과 마음이 뒤엉켜 불안을 키운다.
화·목·토요일의 투석 시간이
지옥의 갈림길이다.
- 2007. 11. 7

✱ 삶의 노트
아. 아! 나의 청춘은 아름다운 나날이었습니다. 그 무렵은 참으로
좋았습니다. 물론 죄나 슬픔도 숨어 있기는 했습니다. 하지만 틀림
없이 행복한 세월이었습니다. 그 무렵 나처럼 술을 마시고, 춤을
추고, 사랑을 나누고, 매일 밤을 칭송한 자는 그리 많지 않을 것입
니다. 그러나 그 때에, 그 정도로 끝냈어야 했습니다. 그 후로는
다시 그런 행복한 시절은 오지 않았습니다. 그것이 내 젊음의 마지
막이었습니다. -「청춘은 아름다워」헤르만 헤세

아리랑

추석 전날 밤이라.
세상은 온통 축제 바람이다.
명절이라 닷새 동안 휴일이고
오곡백화가 무르익어 가을 추수도
한시름 놓은 늦은 장마비야 멀리 가라
쾌청한 밤하늘에 보름달이 떠올라
아리랑 쓰리랑 고개 넘어
음력 8월의 그믐달아 어서오라
얼씨구 절씨구 모두 춤을 추자.

- 2007. 9. 24

＊ 삶의 노트
천국은 저쪽, 저 작은 문, 바로 옆방에 있습니다.
그러나 나는 그만 그 방의 열쇠를 잃은 지
이미 오래되었습니다.

갈팡질팡

이리저리 생각해도
도저히 갈피를 못 잡아
헤메이는 내 마음이여
어떻게 할까. 이렇게 해 볼까?
망설이는 마음의 갈등
방황하는 가련한 삶의 나그네
어언 인생 70고개 고희라는
말이 맞는가?
미운 정, 고운 정을 담뿍 안고
흘러간 세월만을 탓할 것인가
무엇을 위해 살아왔나
갈팡질팡 살다보니 여기가 종착인가
주저하지는 말아주게 알겠나
-2007. 9. 24

✳ 삶의 노트
나는 항상 방황의 길에 있었습니다. 외로운 삶의 순례자였습니다.
내가 가진 것은 아무것도 없었습니다. 이미 기쁨도 슬픔도 흘러갔
습니다. 사실 나는 방랑의 의미도 목적도 알지 못했습니다. 몇 천
번을 쓰러지고 그 때마다 다시 일어났습니다.
아! 내가 찾고 있었던 것은 멀리 높은 하늘에 걸려 있는 사랑의 별
이었습니다.

허송세월

잘도 간다. 미련없이 세월은
어느 때 멈추어 줄 것인가
절망의 숲속에서 헤메인들
그 누가 알아주겠는가?
생애를 마치고 지상을 떠나는 날
힘겨운 허송세월을
눈감고 스스럼없이 헤아려 본다.
아쉬움으로 배웅하는 마음
'백용자'군 잘 가시게나
조용히 눈 감고 떠나네
가신 님 영전에 꽃다발을
한아름 안고서 석별의 눈물을

- 2007. 9. 26

✳ 삶의 노트
청춘이 빛나는 날, 나는 많은 것들을 즐기고 낭비하였다.
여린 가슴에 상처와 슬픔만을 지녔다고 오늘 탄식해야 하는가.
다시 청춘이 돌아와 지난 날의 아름다운 모습을 하고 있다면,
달리 어떻게 끝맺는다면, 나는 만족할 것인가?

석 별

잘 가게 아우야, 섭섭한 마음만
강물처럼 흐른다.
소원성취를 이루어 주지 못해
정말 미안하구나. 용아!
처자식이 모두 필리핀에 있고
모든 재산과 희망을 허공에 날려
근심 걱정에 아쉬움만 남아서
지금도 떠돌고 있는가?
앞일이 답답할 뿐이다.
타국생활이 밤하늘의 별처럼 원활했으면야
얼마나 좋겠는가 말일세!
- 2007. 10. 4

* 삶의 노트
나를 버린 그리운 사람에게 긴 편지를 썼다.
달빛이 종이 위로 흐른다.
글 속의 강물같은 것이 고요한 달빛에 젖어
잠도, 꿈도, 밤 기도도 모두 잊는다.

통 원

늦을세라, 어서 가자
시간은 끝없이 흐르는데
뭘 망설이는가. 나는 바보, 겁쟁이
저녁 18:00 ~ 22:00 투석 시간이
어둠이 파도가 되어 밀려오고 있다.
잊지 말고 가자, 안암골로
내 짝꿍은 내일 온다는 연락
마음은 저 남쪽 나라 따뜻한 곳으로
친구들과 어울려 관광차 타고 싶다.
아! 지금은 쓸쓸하고 외로울 뿐이다.
- 2007. 10. 25

✳ 삶의 노트
인간이란 참으로 기막힌 존재다. 인간은 특수한 자기를 가진 개인
적 존재이지만, 우연에 의해서 한없이 증가된 산물이다. 또한 인간
은 만물 중에 가장 위대한 기적이다. 하지만 개개인으로 볼 때는
하나의 모래알이나 다름없다. 그러나 자기의 단순한 이기주의적인
허망한 욕망을 확대시키기 위해 자신이 갖고 있는 온갖 요소를 낭
비하려고 한다.

세 월

날이 가고 달이 기우니 계절도 간다
춘하추동 24절기
나이 들어 70세 노인의 모습에
젊음은 어디로 가고 마음까지도 저물어 있다
정신은 겨울날처럼 투명한데
기억만은 흐린 여름날이다.
약은 척하지 말고 용기를 내어
비록 몸은 늙었어도
어진 사람들과 함께
한 줄기 빛으로 살자
체중 47kg에 맞는 투석실
기약 없는 세월 속에
나의 삶은 어디쯤 가고 있는 것일까
- 2007. 10. 25

✳ 삶의 노트
아름다운 삶이란 슬픔이자 기쁨이며 혼란함입니다.
또 삶이란 나무며 새며 물 위에 비친 달빛이기도 합니다.
삶이란 일이며 고통이자 희망인 것입니다.
삶이란 죽음이며 내세를 믿는 희망이기도 합니다.
삶이란 야망이자 탐욕이며 사랑이 충족된 것이
삶의 모습입니다.
삶이란 빈 것을 채워주는 순리입니다.

먼동

동남쪽 하늘로 먼동이 튼다.
찬란한 새날이 화려한 빛으로 오고
밤 사이 내린 찬비에 단풍이 젖어 있다.
고독이 주는 외로움을
지금 나는 깊은 강물로 느끼고 있다.
5년이란 긴 여정의 흐름
두문불출의 통원 생활에 갇혀
힘겹고 부담스러운 세월의 짐이
너무 무겁다.
이것은 아니라는 삶의 중량 때문에
하루를 죽음처럼 쉬어간다.
어제는 광주 사돈댁에서
감상자가 기쁨처럼 전해 와
위안의 꽃다발이 되었다.
'고맙습니다'
- 2007. 10. 29

✱ 삶의 노트
나는 너희들을 꿈꾸었다. 동트는 무렵의 잿빛 속에 잠긴 광활한 벌
판들이여. 아직은 잠들어 있는 푸른 호수여. 나는 너희들의 새벽빛
으로 영혼을 씻는다.
신비로운 바람이 나의 육체와 영혼까지 어루만져 줄 때마다 미소짓
게 하였다는 사실, 이것이 바로 내가 지칠 줄 모르고 이야기하고
싶은 열정이다.

손 자

전화벨이 친구처럼 울렸다.
벌어진 입을 다물지 못하도록
의사가 전하는 사내아이라는 말에
꽃이 핀다.
친손자가 내년 3월에
봄처럼 세상에 올 것이다.
고희 70에 서린, 민섭, 콩알이까지
지루한 이 세상에 축제의 불꽃을 피어 올린다.
이제 할 일을 다 한듯 해
마무리를 짓고 난 정답게 떠날 것이다.
황천길 저승길을 찾아
모든 미련을 버리고 나그네처럼 가야 한다.
'사랑스런 내 손자들아!'
- 2007. 10. 31

＊ 삶의 노트
세상에는 크고 작은 길이 너무나 많다. 그러나 도착지는 모두 다
같다. 자전거를 타고 갈 수도 있고, 차로 갈 수도 있고, 둘이서 아
니면, 셋이서 갈 수도 있다. 그러나 마지막 한 걸음은 혼자서 가야
한다. 그러므로 아무리 어려운 일이라도 혼자서 하는 것보다 더 나
은 지혜나 능력은 없다.

박사과정

꽃잎처럼 들려온 통화 속의 작은아들 음성
"아빠. 박사과정에 입학합니다."
내 귓전에 머무른 초록빛 함성이었습니다.
얼마나 기대했던 꿈이었던가
"하나님 감사합니다."
등록은 1월에 한다지.
- 2007. 12. 12

✽ 삶의 노트
사람들은 학력과 실력을 혼동하는 경우가 있다. 그러나 분명히 알아두어야 할 것은 학력과 실력은 구분되어야 한다는 사실이다. 학력은 좋지만 실력이 없는 사람이 있는가 하면 학력은 보잘 것 없지만 실력이 대단한 사람도 있기 때문이다.
우리의 인생은 현재와 미래가 더욱 중요하며, 학력이란 과거의 그림자에 불과할 뿐이다. 학력이 좋은 사람은 그 과거의 기록을 부끄럽게 하지 않기 위해서도 실력을 쌓아야 하고 학력이 나쁜 사람은 현재와 미래의 명예를 위해서 실력을 발휘해야 한다.

파 리

기쁨을 참지 못해 울먹이는 듯한
큰 며누리의 소식.
김 현석 군이 건축사 수석 합격자란다.
-김 현석 군! 장하도다.
타국 프랑스에서.
내 마음 깊은 곳으로
강물이 소리내어 흐른다.
- 2007. 12. 12

* 삶의 노트
이 세상 곳곳에 수많은 도시들이 있다. 어떻게 그 도시들이 세워지
게 되었는지 그 내력을 알기란 힘들다.
오오! 먼 서양, 이국적인 도시들. 밤이면 작은 등불처럼 변덕스런
여인들이 몽상에 잠기는 흰 테라스와 낮고 평평한 지붕의 도시들.
환락과 사랑의 향연, 언덕에서 내려다보면 어둠 속에 인광처럼 빛
나는 광장의 붉고 푸른 불빛의 물결. 거리 카페에는 짙은 화장을
한 여자들이 서성거리고 지나치게 날카로운 음악이 그녀들을 춤추
게 한다. 볼타는 향연, 그 가운데서 나는 사막을 걷는 듯한 메마른
외로움을 느낀다.

도와 주세요

어찌 하오리까
하느님 아버지!
고통받고 있는 저에게
바른 길을 열어주옵소서
'모든 것이 주님의 뜻이 옵니까?'
- 2007. 12. 26

❋ 삶의 노트
바람처럼 내 인생은 날아가 버렸다. 지금 나는 혼자 누워 눈을 뜨
고 있다.
창밖에는 조각달이 떠서 내가 하는 일을 엿보고 있다.
나는 오랫동안 누워 추위에 떨며 방안에서 죽음을 느낀다.
나는 작은 소리로 노래를 부르기 시작한다. 달과 바람의 노래를,
성모와 성자의 노래를, 사슴과 백조, 부를 줄 아는 모든 노래가
생각난다. 그러면 달과 별이 나타나고 숲과 사슴이 내 마음속에
살고 있다. 모든 고뇌와 기쁨이 감은 눈밑으로 흘러가 버려서 어느
것 하나 구별할 수 없다.

망 년

가는구나, 이 해가. 드디어
시름없이 먼 산만 본다.
오늘이 지나면 무자년이라
그 동안 신장실을 들락거리며
6년 세월을 보내고 또 맞아들이는
빛바랜 일상들
호사다마라는 말처럼
좋은 일이 있으면 궂은 일도 있을 것 아닌가.
두문불출하고 집안에만 갇혀 있어
내가 섬처럼 느껴진다.
70년 동안 세월의 바다에서
나는 무엇을 건져올렸을까
섣달 그믐날아! 잘 가거라.

– 2007. 12. 30

* 삶의 노트
시계의 시간은 영원하다. 시계는 일초 이초 시간을 아로새겨서
열두 시가 지나면 다시 또 일초부터 시작한다.
그러므로 우리가 잃어버린 것은 시간이 아니라
바로 우리의 인생이며 삶이다.

향 심

내 본향은 어디인가?
삼천리 금수강산이다.
육백 리 강산의 허리띠를 두르고
백두산 천지에서 한라산 백록담까지
6천년 역사와 5천만의 소나무 같은 한국인
풀뿌리 대한민국은 푸른 메아리처럼
오랜 전통과 문화를 흰 옷으로
희노애락이 동해와 서해에까지 거센 파도로 물결쳐도
오뚜기처럼 털고 일어나는 아시아의 등불
홍익인간의 인재들아!
동북아의 우뚝 솟은 향심이란다.
나아가자!
내 조국을 위해!
- 2007. 12. 21

＊ 삶의 노트
나는 이른 아침에 새벽빛을 밟으며 산택을 나선다. 아무것도 애써
들여다 보지 않아도 안 보이는 것이 없다. 우주의 신기로운 심포니
가 형성되어 내 마음 속에는 들어보지 못한 감각들이 구슬처럼 엮
어진다.
시간이 예정대로 지나간다. 나는 사람이건 사물이건 풍요로운 환상
을 걷잡을 수 없는 무지개를 쫓느라고 열중한다.

보 행

걷기는 하지만 올라가기는 어렵다.
하지만 어떻게 해서라도 해서
갈 곳은 가야 한다.
생활에 불편을 주니 어찌하겠는가.
동네 주변을 힘들어도 산책 운동을 벗삼아
식구들에게 위안을 줘야 한다
늙은 환자, 장애자라는 이름이 붙어
어디를 가든 붙들어 주고 일으켜 줘
어린아이 취급을 한다
누구보다도 사랑의 손길로 아내가 보살펴주니
두려워할 것은 없지만 조심하자
골다공증세라도 숨어있는지 모르잖는가
인생의 벼랑 끝에 서 있는 내가 아닌가.
고희라도 넘긴 수 있다면 감사해야 할 일이다
내 삶의 지평을 알 수가 없어
지루한 하루를 걷는다
- 2007. 12. 21

✽ 삶의 노트
만일 당신이 걸어가는 길에 큰 돌이 놓여있다 해도 그것을
제거하려고 해서는 안 된다.
그것을 디딤돌로 삼는 지혜를 배워야 한다.

바 보

나는 정말 바보인가.
환갑, 진갑을 넘겨 고희가 되었으니
참 멀리 왔다는 생각이 든다.
외로운 세월 속에 써야 할
신통한 작품까지 없어
슬픈 마음으로 저녁 노을만 바라본다.
아! 어디에 나의 젊음은 머물러 있을까.
허송세월 70년을
다시 써 보고 싶다.

- 2008. 5. 25

✳ 삶의 노트
마음속에 불만이 없으면 몸이 편하다. 마음속에 욕심이 없으면 의리를 행한다. 마음속에 노여움이 없으면 말씨도 부드러워진다. 마음속에 탐욕이 없으면 아부하지 않는다. 마음속에 잘못이 없으면 두려움이 없다. 마음속에 교만이 없으면 남을 공경한다.
마음을 비우면 내가 보인다.

70세

잠 못 이루는 나날은 만화경 같다.
이제는 일상이 되어버린 병원, *미주에만 오고갈 뿐
기력이 쇠잔하여 허허로운 바닷가 같다.
등산은 그만두고 동네라도 산책하며
낯익은 것들에 다정한 눈길을 보내고 싶지만
그것도 옛일이 되어 인생살이가 빈 수레라는 생각이 든다.
생노병사는 예고 없는 순례자인가.
부모님이 가신 뒷자리에 형제들 만이 남아
자손들의 손길이 따뜻하다.
하루가 여삼추라 해가 뜨고지니
푸른 5월의 산천은 꿈동산으로 피어오르고
고희라는 삶의 구름이
허송 세월 속에 비를 뿌리는 나날이다.
가고 또 가고 돌아갈 길 없는
내 삶이 망망대해인들 어찌할 것인가.
- 2008. 5. 23
*미주 : 지은이의 집

✳ 삶의 노트
인간은 그 한계에 절망하면서부터 우주적인 현실과 시간을 초월한
영원함을 생각하게 된다. 그래서 아무리 오만한 사람일지라도 지표
에서 눈을 들어 광대무변한 하늘에 찬란하게 빛나는 별들을 바라보
는 순간 거대한 자연의 신비 앞에 고개를 숙이게 되고, 이 우주 한
가운데서 자신이 얼마나 보잘 것 없는 존재인가를 느끼게 된다.

장수

해가 뜨고진 세월이 70년
만남과 헤어짐조차 분별하기 어렵다.
세상이 내 품 안에 안기듯이
더스딘의 부자간처럼
불기둥의 혹독한 훈련 끝에
달성되는 지구력과 투쟁심
내 조국 한반도야!
이름보다 더 지독한 장애 2급자 주민등록의 기록
절망과 서러움 속에 허덕이는 나
잘 가거라 고희야! 영원히
꿈이 너무 많은 탓에 희망도 패배도
가족처럼 거느린 나에게 장수를…

- 2008. 7. 13

✼ 삶의 노트
숨을 쉬고 있다는 것은 살아있다는 증거임이 분명하다. 나는 정신
을 창조하고 건설하기 위해 일할 뿐이다. 그러나 나는 내가 사용할
재료를 시험해 보지 않고는 그 어떤 것도 구상해 볼 수 없는 불안
한 존재다. 유학자적인 관념, 세계 평화주의 등등을 하나하나 세심
하게 확인하지 않고서는 나의 정신은 그 어떤 것도 받아들이지 않
는다. 하지만 나는 애정 속에 숨어 있는 육체의 욕망과 이기주의를
알아보고 싶다. 아니다. 진실만을 사랑하였으므로 작은 등불이 별
이라고 인정하지 않더라도 나의 하늘은 결코 어두어지지 않을 것이
다.

인 생

인생은 고해다.
희망
소망
고행
수행
태양처럼 웃어라
자신을 위해서
- 2008. 6. 16

＊ 삶의 노트
나의 생애는 온통 죄로 가득 차 있다. 그러나 많은 죄가 용서될 것이다. 하지만 인간들은 용서해 주지 않는다. 그들은 이해하지도 용서하지도 않고 나의 무덤 위에 돌을 던질 것이다. 그러나 별들이 나를 데리러 오고 달이 나에게 웃음을 줄 것이다. 그러면 나는 달의 작은 배를 타고 별의 궤도를 따라 반짝이는 밤하늘을 떠갈 것이다. 어머님이 다시 나를 끌어안을 때까지.

병마

늦장 부리며 70년 살아온
구름 한 조각 같은 인생.
부모님 저승길로 가신 지 오래되어
열두 남매 방방곡곡으로 흩어져
칡넝쿨처럼 오늘을 산다.
나 홀로 앉아 이 밤을 밝히며
생노병사에 마른 체온을 재 본다.
온갖 병마가 장마비처럼 지나간 듯 하지만
오장육부가 뒤틀려 고생은 당연하다
여름날 달팽이마냥 집에만 틀어박혀
하루하루를 흘러보내며
어쩔 줄 물라 당황하고 있을 뿐이다.
- 2008. 6. 17

※ 삶의 노트
나는 이미 죽음을 체험해 보았다. 수목 속에서 나무 같은 죽음을, 산 속의 돌 같은 죽음을, 모래 속의 흙같은 죽음을, 바스락거리는 여름 풀잎 같은 죽음을, 그리고 피에 젖은 인간의 죽음을 보게 되리라.

행 로

나는 누굴까, 무엇을 생각하며
어디로 가고 있는 것일까.
무절제한 미주생활이 참된 삶일까?
세상살이가 이처럼 어렵다는 것을
미리 알았더라도 별 수 없었을 것이다.
당장 죽을 지 몰라 허둥대는 나약한 나
지난 해에는 지구촌과 작별하려 했지만
모든게 뜻대로 되지 않아
보류된 삶, 아직은 집행유예
눈을 감고 조용히 감회에 젖어
가는 세월을 붙잡을 수 없지만
아름다운 꿈과 추억을 맞으리라.

- 2008. 8. 3

✽ 삶의 노트
나의 삶은 어둡고 바깥에서는 별들이 바쁘게 움직이고, 모든 것이
무서운 불꽃을 날리고 있는데 당신은 나와 함께 살겠다고 한다. 당
신은 숨가쁜 삶 속에서 하나의 중심이 되어 지켜줄 것으로 믿고 있
다. 때로는 당신의 사랑이 나를 위한 수호신이 되어 주었다. 또한 당
신은 나의 어두운 삶 속에 깊이 숨어 있는 별을 느끼게 해 주었다.

황천길

요람에서 죽음까지
차례로 태어나 부모형제와 어울려
꽃처럼 나무처럼 자라며
늦게 맺은 인연들
언제인가 모래사장에 파도가 쓸어가듯
허허로운 망상 속에 묻혀 버린
칠순의 영욕
이제는 북망산 중턱에 앉아 붉은 노을 바라보며
세월의 갈대밭을 따라 걷는다.
이 길이 황천길이라면
나는 처음부터 찾지 않았을 것이다.

— 2008. 10. 8

✳ 삶의 노트
우리는 어떻게 죽으며, 어떻게 인간답게 죽을 수 있고, 어떻게 죽음 속에 머무를 수 있는지를 모른다. 도대체 나는 어디로 가는 것일까? 죽음은 자기라는 존재가 없어지는 것 같은 느낌을 준다. 죽음과 만남, 그곳은 텅 비어 있을 것이다.

요즈음

서 있는 것보다 넘어지는 것이 더 쉽다.
두 발로 걷기 어려워 휠체어, 택시로 출근한다.
화·목·토 혈액 투석, 신장실 성형외과 호흡기 내과 순회
이것이 내가 하는 일이다.
하얀 가운의 간호사를 따라
환자복 차림의 나는 외인부대의 패잔병
말복 더위는 기습 작전으로 공격을 퍼부어
얼굴까지 퉁퉁 부어올라 내가 아니다.
간 밤에 잠못 이룬 탓에 오늘 하루가 더 무섭게 느껴진다.
주야로 보낸 소망의 나날들
누구를 위한 행진인가 후진인가?
새 망루에 올라서서 꿈꾸는 세상을 다시 보고싶다.
- 2008. 8. 12

✲ **삶의 노트**
인간의 역사는 과거에 대한 집착 때문에 내일의 기쁨을 오늘의 기
쁨에 양보하지 않으면 안 된다. 새로운 시대의 물결이 싣고 오는
경이적인 아름다움은 앞에서 달려가는 물결이 비켜주기 때문에 있
을 수 있고, 꽃은 결실을 위해 시들 의무가 있고, 열매는 떨어져
죽어야 비로소 새로운 개화를 준비할 수 있다. 봄은 겨울이 사라짐
으로써 소생한다는 순환의 혹독한 섭리를 알려고조차 하지 않는 인
간의 운명은 슬픈 사건이다.

그 대

불현듯 생각나는 그대
아롱지듯 영감속의 그림자같이
보고 싶은데 헝크러진 망상
그리움도 풍선처럼 부풀었다.
세월은 유수같이 흘러갔지만
내 마음속에 묻힌 소녀야
잊을 수가 있겠는가. 못 잊어
꿈속에서 만날 때마다 생시같아
지구촌에 함께 있어도 만날 수 없구나.
죽음의 고비가 수없이 많아도 외로움과 고독이 찾아들면
쓸쓸하고 삭막한 마음은 모래밭
막차를 탄 운명의 벼랑끝 생명은 하나 사랑도 하나
그대가 세상에 홀로 있듯이
항상 속삭이듯 마음으로 밀물지네.
- 2008. 8. 13

✳ 삶의 노트
나는 새로운 조화를 계획하거나 꿈꾼다. 그것은 보다 더 꾸밈이 없
고, 어떠한 증거도 보여줄 수 없는 언어의 예술인 것이다. 그렇다
면 누가 내 정신을 무거운 쇠사슬로부터 해방시켜 줄 것인가?
가장 성실한 감동일지라도 내가 표현하는 순간, 곧 거짓이 되어버
린다.

46

고 독

아! 너무 외로워 죽을 것 같습니다.
이렇게 홀로 있어야 하는 것이
내 운명입니까?
창밖으로 태양이 뜨고 지고
여름은 더위 만큼이나 나를 괴롭히지만
명암 나누어지는 아침과 저녁
나는 고독과 외로움의 배를 띄어놓고
그림자처럼 앉아서
몇 장의 책을 읽고 붓대를 놀려
마음의 허전함을 달래야 하는 하루
그것마저 싫증나면 자리에 누워
수심가를 불러보는 일상의 숙제들.
아! 흘러간 70년 세월.
- 2008. 8. 11

＊ 삶의 노트
하얀 병실 안 소독약보다 더 진한 시간의 물결이 출렁거린다. 삶이
균형을 잃은 채 흐르는 대로 떠가는 배와 같은 사람, 어디에 가 닿
겠다고 노력할 것도 없는 섬과 같은 사람, 목표를 향하여 서두를
필요도 없는 사람들이 삶을 계산하고 있다.

아들아!

내 아들아!
'병든 말 같은 세월에 꿈을 맡겨서는 안 된다.'는
어느 성현의 말씀처럼 지금은 자기 완성의 터전을 닦아
자손대대로 올바른 길을 가도록 시간과 공간속에 속삭이라
아들아!
너에게 준 사명이란 남보다 많이 배우고 실력을
노적봉처럼 쌓아올려 이 나라, 이 민족, 이 겨레의 꿈을
백두산의 천지 속에 묻으라.
사랑하는 금수강산아!
기억하라 영원한 내 조국을
떠받쳐 올린 듯한 생명을 아낌없이 주리라.
내 아들아!!
나도 너희들의 조상이 되련다.
- 2008. 8. 27

✳ 삶의 노트
늘 새로운 세상의 골짜기로부터 삶의 충동이 뭉개뭉개 구름처럼 피
어오른다. 황량한 궁핍, 도취된 만족, 쾌락의 경련, 끝없는 욕정,
살인자의 손, 사채업자의 손, 기도하는 자의 손, 불안과 열락으로
무리짓는 인간들은 열띤 냄새를 풍기며 자기 자신을 삼키고 다시
토해 내고 전쟁이나 우아한 예술을 잉태하고 늘 새롭게 일어서는
물결 속에서 헛된 꿈으로 밤하늘의 별빛에 속으면서 반짝이는 얼음
같은 세상에서 살고 있다.

추석 전야

파리 초등학생, 세린
텍사스 유치원, 민섭
인천 태우
모두들 지구촌에 다박솔처럼
살고 있어
어느 날 내 눈이 감겨도
늘 귓소문 만큼은 열려 있어
독고노인의 소망은 먼 나라에 가더라도
위대한 인물이 되길 원하고 있다.
짧고 긴 여정이지만 나팔꽃처럼 환한 모습으로
내년에는 '예가'에서 만나보기를 꿈꾼다.
강릉 외가에 간다며 태우는 한복 차려 입고
'아빠, 엄마와 함께 잘 다녀 와.'
- 2008. 9. 13

＊ 삶의 노트
간밤에 무슨 꿈을 꾼 것일까. 잠에서 깨어나자, 나의 욕망은 심한
갈증을 느꼈다. 마치 잠을 자면서 사막을 건느기라도 한듯 심한 피
로와 공포에 휩싸였다. 지금은 달빛마저 사라졌다.
나는 어둠의 매혹에 놀라며 슬프도록 도취되어 그대로 누워 있어야
만했다. 더 이상 사랑을 이야기하지 않을 것이다.

텍사스

텍사스로 신박사 · 선영 · 민섭 군이
떠났다. 교환 교수로
1년 동안의 미국 여행 생활이란다.
몸건강하게 돌아왔으면 좋겠다.
내 건강이 좋지 않아 그때까지……
오늘은 공항에 못 나가 떠나는 딸 · 사위를
그대로 보내고. 발목 치료, 투석 4시간을
멍청하게 내려다보는 아내의 초점이
비오는 날처럼 흐리다.
내 나이가 70세
"김태우 백일 잔치 보고 왔는데……"
불안한 생명의 파도가 몰려오는 시간이다.
- 2008. 7. 24

＊ 삶의 노트
세월은 흐르고 꿈은 낡아 흩어지고, 최초로 소년의 슬픔을 잉태했
던 옛길을 조용히 걸어가면 지난날이 아름다운 전설처럼 신기롭고
커다랗게 마음속으로 되살아 온다. 그러나 지금은 나를 기다리는
그 어떤 것에도 그와 같은 깨끗한 빛은 없을 것이다.
최초의 꿈의 주인이 누구였는지 나는 늘 괴로워했다.

학 문

여러 말 할 것이 무엇이 있을까?
한 자라도 더 배워야 한다.
하늘을 보고 한탄하며
땅을 치며 통곡한들
때 늦었다고 후회할 것인가.
지금 곧 끝장을 내듯
앞장서서 내 뒤를 따르라
한 고비 고비마다 쉼터가 있듯
충분히 마음껏 즐길 수 있을 것이다.
내일을 걱정하고 망연자실하여
어제 일을 망쳤다고 참회할 것인가?
어느 날 시간이 정지될 때까지
배우고, 또 배워서 형설의 공을 쌓아야 한다.
- 2008. 10. 20

＊ 삶의 노트
밝은 햇볕을 듬뿍 받고 있는 열린 창문 앞에 포도송이가 전설처럼
매달려 있다. 엷은 갈색을 띠고 있는 포도알이 명상에 잠겨 익으면
서 소리없는 함성으로 빛을 새김질한다. 향기로운 생의 마지막 맛
을 빚고 있는 중이다.

소록도

가야 한다. 친구들과의 여행을
한샘 환자들의 조개같은 삶이 있는 섬마을
오늘과 내일 1박 2일이란다.
나는 그들을 떠나보낸 빈 마음으로
집에서 홀로 외톨박이다.
별고없이 돌아오기를 바라는 만큼
소록도는 외로운 삶이다.
그들의 문기둥에
지상의 낙원이라는 문패를 닳아주고 싶다.
- 2008. 10 .24

✳ 삶의 노트
중국의 사상가 장자莊子라 하면 누구나 나비의 꿈을 생각한다. 어
느 화창한 봄날, 장자는 양지 바른 창가의 책상 앞에 앉아 있었는
데, 어느새 꿈 속을 더듬고 있었다. 잠들어 있는 동안에 그만 자신
이 나비가 되어버렸다. 그러자 그 나비는 장자 자신이 되어 버리
고, 장자가 나비가 되었다는 생각은 완전히 없어져 버렸다. 다시
얼마동안 시간이 지나자 그 나비가 또 눈을 떠서 어느 틈에 예전의
장자로 되돌아와 있었다. 거기서 비로소 깨달은 것인데, 어찌된 일
인가? 장자가 나비가 된 것일까? 아니면 나비가 장자가 된 것일
까?

사생결단

죽어라 발버둥쳐 보아도
돌이킬 수 없는 세월의 뒷걸음
가거라, 힘차게 달려가서
몸과 마음을 합쳐 그대를
영원토록 애껴주고 돌보리라.
변치 않게 사랑하라, 죽도록
- 2008. 10. 31

＊ 삶의 노트
우리가 삶을 통하여 가장 많은 호기심을 지니고 있는 것은 죽음에
대한 해답이다. 죽음은 생존의 마지막이며 가장 위대한 삶의 체험
이다. 왜냐하면 모든 인식과 체험 속에서 우리가 기꺼이 생명의 마
지막 순간을 던지는 찰라적인 것은 인생의 가장 크나큰 의미이기
때문이다. 그러므로 죽음의 고통도 하나의 인생 과정으로서 출생의
고통 못지 않다고 할 수 있겠다. 때때로 우리는 이 두 가지를 혼돈
하며 삶을 영위하고 있다. 이렇듯 죽음은 우리의 삶 보다 깊고 섬
세하다.

병 상

저혈압이라니 어쩌면 좋을까.
성형외과에서 발목을 치료
빵 한 개를 생명처럼 먹고
5층 인공신장실에 갇힌다.
의사는 단호하게
혈압이 낮다고 입원을 종용한다.
어디선가 파도소리가 들려온다.
- 2008. 12. 10

* 삶의 노트
어느 시점에서 내 일생을 돌이켜보면, 나 역시 다른 사람들의 삶과
마찬가지로 사랑의 시간과 불행한 시간이 공존하면서 기나 긴 인생
의 여정을 나그네처럼 걸어왔음을 실감할 수 있었다. 참회하고 용
서 받으며 홀로 앉아 있는 공간, 그리고 끝없는 무감각과 공허의
시간 속에 갇혀 하늘의 새로운 별들을 바라보며 내일을 꿈꾸곤 했
다.
지금은 늦은 시간, 가슴 속에서 폐허가 된 청춘의 뒤안길로 몸을
떨면서 되돌아 걸어보자. 산산조각이 난 희망과 꺼져버린 열정, 내
가 바라볼 수 있는 것은 모두 먼지 투성이 속에서 뒹굴고 있을 뿐
이다. 아는 체하기조차 부끄럽다는 듯 많은 친구들은 내 옆을 그대
로 지나쳤다. 훨씬 그 이전에 바로 내가 생각해 냈던 뚜렷한 하나
의 상像이 나를 빤히 쳐다 보는가 하면, 마치 수 백년 동안 나와는
아무 관계가 없고 본 적도 없다는 듯이 침묵하고 있을 뿐이었다.

69세

구차한 목숨 태백산맥 만큼 길다.
부모님 떠난 뒷자리에 남은 열두 남매
이제 이국에서 누나도 돌아와
설악에 계신 매부 곁으로
나도 가야 한다. 미련없이 미지의 곳으로
하루 걸러 병원에 가야 하는
죽음의 포박자.
이 해도 저물어 간다.
한 장뿐인 달력만이 유서처럼
오늘을 기록한다.
안녕!
누나 잘 가세요.
- 2008. 11. 27

✽ 삶의 노트
고향과 젊음과 인생의 아침을 수없이 망각하고 놓쳐버린 나에게 당신으로부터 늦은 소식이 전해지면 마음속에 묻혀 깊이 잠자던 모든 생각들이 감미로운 빛이 되어 신생의 샘이 솟는다. 과거와 현재 사이의 모든 인생이 젊으면서 영원히 나이를 먹은 잊어버린 옛날의 동요와 같은 삶의 멜로디에 다시 귀를 기울인다.

낙 망

갈 때는 뒤도 돌아보지 마라
오늘은 떠나가고 내일은 온다는 소식에
좋아서 허둥지둥 날뛰며
얼씨구나 절씨구나 좋을시고
두둥실 춤을 추며
구름처럼 날아가고 싶다.
- 2008. 11. 29

* 삶의 노트
인간은 바람에 흩날려 솟구쳐 올랐다가 비틀거리며 땅으로 떨어지
는 나뭇잎의 운명과 같다. 그러나 어둠 속에 빛나는 별과 같은 인
간도 있다. 그들은 이미 정해져 있는 확고한 삶의 궤도를 걸으며,
어떠한 강풍도 그들에게는 영향을 미치지 못한다. 왜냐 하면 그들
자신은 확고한 삶의 법칙과 궤도를 가지고 있기 때문이다.

허 망

멍청하게 쳐다보면 뭘 하려는가.
가신 님 다시 올 것인가,
내 마음과 몸을 다 받쳐도
아랑곳하지 않고 떠나가는 사람
이별의 슬픔 한아름 안고 저 산 넘어
다시는 오늘처럼 곁에 오지 않으리라.
낙망이다
할 말도 잊은 채
허망한 세월을 탓할까보냐.

- 2008. 11. 29

✳ 삶의 노트
내 삶의 마지막 문은 항상 벌판을 향해 열려 있다.
걷고 싶은 욕망 거기에 길이 열리고, 쉬고 싶은 욕망
거기에 짙은 그늘이 있다.

홀로

무정한 세월아
난 울었다.
부모님 모두 가시고 남은 형제들
괴롭고 외로워하다 가신 님들
홀로 나만 남기고 간 듯하여
서럽게 운다.
눈물이 줄줄
어렵게 살아가는
내 삶의 흔적들이
몸살을 앓는다.

    - 2008. 12. 14

* 삶의 노트
모든 진리는 X와 Y가 서로 어떤 관계를 가지는 방정식의 표상이
다. 이러한 연결은 긴 연쇄의 일부다. 또 어디서든, 그리고 어느
정도 우리들도 그들과 연결되어 있다. X와 Y가 연결된 그 사이에
는 멀건 가깝건 간에 점처럼 조그만 Z가 있다. 이것이 바로 당신이
며 나다.

조바심

왜 안 오시나
이제나 저제나
눈앞에 가물가물 그리니
안타깝게 마음이 저릿하다
추운 초겨울
눈보라치는 야밤중
소식 불통이된 그 사람이 걱정이다.
안절부절하며 부산을 떠는
난 앉은뱅이.

- 2008. 12. 26

✳ 삶의 노트
이 지상에는 너무도 많은 빈곤과 비탄, 괴로움과 잔악한 사건들로
가득 차 있어 행복한 사람은 자기의 풍요로움을 부끄럽게 생각하지
않는다. 그러나 스스로 행복해질 수 없는 사람은 타인의 행복을 위
해 그 어떠한 일도 행할 능력이 없다. 그래서 나는 어쩔 수 없이
행복해져야 한다는 의무감을 느낀다.

독고노인

진수성찬이다.
비록 찬밥 신세지만
내 신세가 이 정도면 그나마
다행이지 뭘 그래
가는 세월 따라 세상은 바뀌어
어느 듯 봄도 지나가
나도 모르게 장단을 친다.
세월의 뒷모습을 향해
- 2009. 3. 25

✳ 삶의 노트
삶과 죽음의 의미를 가장 친절하게 해석해 주는 것은 잠이다. 생명
의 시간에 경계선을 긋는 세 가지 종류의 수면 중에 마지막 것이
다름아닌 죽음이다.
처음에 우리는 잠에서 깨어난다. 그리고 최후의 우리 생명은 깊은
잠으로 둘러싸인다. 이것이 바로 죽음이다.

청산도

사람은 아름답다.
낮과 밤을 지샌 후 또다른 기다림이
지루하지만 그래도 즐겁다.
40여 년의 연륜이 나무처럼 쌓여
바람과 물이 스며들어도 내 사랑은
진주 같이 빛난다.
굶주림과 배고픔도 잊은 채
그리움과 눈물이 엉키어 핀
청산도의 유채꽃
님이 가신 푸른 하늘과 갯바위를
기억하리라.
한시라도 못 잊을 사랑하는 이여!

- 2009. 4. 18

✽ 삶의 노트
이 세상에서 자연에 소속되어 있지 않은 것이란 존재하지 않는다.
거기에서 벗어날 수도 없다. 모든 것을 총괄하는 자연의 법칙, 어둠
속을 달리는 열차는 아침이 되면 이슬로 덮인다.
나는 보았다. 비스듬한 아침 햇살을 받아 조금씩 꿈틀거리는 산둥성
이. 장밋빛을 띄며 마치 여린 불에 타고 있는 모습처럼 되는 것을.

망부석

떠난 사랑이 오지 않아 안타깝다.
해뜰 때 갔는 데 볼 수 없어
황혼이 천마산을 휘감을 때마다
저녁놀은 시뻘겋게 물들었고
젊은날의 우렁찬 함성 소리.
귀청을 울려대는 4. 19의거
젊음의 불꽃이었다.
- 2009. 4. 19

* 삶의 노트
이따금 지나온 내 삶의 길을 따라 추억 속으로 되돌아가 보면 그때마다 잃어버린 수 많은 나날에 대한 후회 때문에 한 가닥 따뜻한 눈물이 눈기슭을 촉촉이 적신다. 그리고 이제는 내 어린 시절의 일들을 이야기해 줄 어느 누구도 남아 있지 않다는 사실에 새삼 전율한다.
내 어린 시절의 대부분은 그리움에 대한 찬탄과 그 누구도 비밀을 밝힐 수 없는 불가사의한 행복감 속에 굳게 갇힌 채 빛나고 있다. 그것은 나약한 인간의 불완전하고 궁핍한 모순 투성이의 인생이기 때문에 우리들의 어린 시절을 낯설게 하고 손바닥에서 굴러떨어진 보물처럼 허전하게 만든다.

예가藝家

아침해가 떠오르자 아내는 예가로 간다.
나는 한나절을 미주에 섬처럼 남아
홀로 있어야 한다.
거동이 불편하니
혼자서는 아무것도 할 수 없다.
현식은 7월에 알제리로 근무차 떠나고
장인께선 콩팥이식을.
선영은 7월에 텍사스에서 귀국한다는
앉아 있어도 소식은 전해 온다.
아! 세상 인심은 무상하다.
고희를 넘겨도 병원 신세를 벗어나지 못하니
할 일은 있는 듯한데 삶이 아득하다.
'이 사람아! 정신 차려.'
- 2009. 6. 3

＊ 삶의 노트
멀리 토성과 달이 돌고 있어도 나에게는 보이지 않는다.
잊은 듯한 얼굴이 파리한 꽃처럼 떠오를 뿐이다.
이제는 행복도 괴로움도 잊은 채 나는 깊은 우주 속에 바다 속에
가라앉아 있을 뿐이다.

죽 한 그릇

오늘은 일요일
나 홀로 있어야 한다.
잠 들면 모든 것을 잊을 것이다.
하나님이 생명을 주셨듯이
내 한 목숨이 살아 있는 것 만으로도
다행스럽고 행복스럽다는 위안을
죽 한 그릇만 먹어도 괜찮아!
따뜻한 방안에서
말동무 말상대도 없는
우주보다 큰 세상
쓸쓸한 인생의 바다

- 2010. 1. 23

✻ 삶의 노트
나는 우주 속으로 녹아들고 싶다는 강렬한 욕망을 가지고 있다. 그
런데 나는 여전히 하나로 분리된 개체에 불과하며 항상 불안하고
머물 곳이 없다. 왜 그럴까? 무엇이 나를 붙들고 있는 것일까? 어
떻게 하면 합리적인 삶을 살 수 있을까?

봄이 오면

무섭게 폭설이 산야를 덮더니
강산이 추위에 꽁꽁 얼어붙어 있지만
눈얼음이 양지바른 곳에서 녹아
땅 속으로 스며들어 습지를 만드는 자리
따뜻한 온기가 아지랑이로
새싹은 움터
망울진 꽃봉오리는 봄이 오기를
흡사 재촉이라도 하듯
목련, 개나리, 진달래, 산수유가
샛노랗게 피어 오르고
제주 성산 일출봉에 점처럼 묻어나는
노란 유채꽃. 봄이 보면

- 2010. 1. 17

✳ 삶의 노트

태양의 부름을 받아 대지에서 스며 나오는 기쁨이 지상을 적시고
있다. 봄의 가슴은 그러한 설레이는 분위기에서 넘쳐 흐르는 벅찬
공기가 생겨난다. 이미 대자연에 생기가 돌면서 불분명하게 규율을
정해져 가지만 아직은 혼돈 상태에서 벗어나지 못하고 있는 미지의
세계다.

겨울비

너무나 추운
소한 추위. 모레이면 대한이다.
영상의 날씨에 겨울비가 내린다.
눈덮인 계곡엔 찬바람이
산허리를 끊고
소리없이 내리는 겨울비는
추운 내 가슴을 두드린다.

- 2010. 1. 18

✽ 삶의 노트
짙은 빛의 그림자가 드리워진 길가에 무심히 버려진 흰 조약돌, 그
것은 빛의 보금자리처럼 보인다. 저쪽으로 비켜선 듯 하얗게 부서
지는 마른 억새풀. 성당의 대리석 기둥. 바다 동굴 속에 피는 파도
의 꽃. 흰 것은 보류된 빛의 소산을 의미한다.

대한 추위

쌀쌀한 겨울 표정은
먹구름 물안개로 가득 차 있다.
찬비가 고통보다 더 우울하게 내리는
소한보다 춥다는 대한은 어딜 간 것일까.
이상하게도 하얀 산과 들은 말끔히 녹아 있다.
경인년의 겨울은 풍성한 날들의 축제
살기 좋은 내 마을
꿈과 희망이 반기어 주기를 기원하는
하루의 시간들.
- 2010. 1. 20

＊ 삶의 노트
때때로 먼 회상에 잠기면 소년 시절에 이르는 추억의 실타래를 되
감을 수 있으나 그 이전의 일들은 희미한 영상 속에 서서히 부서져
내리면서 조각조각 기억에 남을 뿐이다. 추억을 통해 하나의 탑이
뒤로 물러서듯 사라지고, 마침내 끝도 없이 펼쳐진 수수께끼와도
같은 미래의 불안정하게 출렁이는 바다만 보일 뿐이다.

신앙

주를 믿고 하느님을 섬기니
나 항상 행복합니다.
꿈과 미래가 있어
기쁨이 솟아납니다.
언제나 행복하기를 기도하는
내 삶에 축복을 내리소서.

- 2010. 1. 29

✻ 삶의 노트
예수 그리스도 그는 어느 누구보다도 깊은 공감을 가지고 있다.
그는 모든 고통과 괴로움을 나누어 가진다.
그의 곁에서 십자가를 대신 짊어져 주고 싶을 정도로
그는 고독하다. 그는 정말 슬퍼 보인다.
온 인류의 불행을 혼자서 짊어지고 있다.
그래서 그는 웃을 수가 없다.
그는 너무 착하다. 너무나 선량하다.
사랑 때문에 불행한 그는 거의 인간적이 아닐 만큼 선량하다.
아직도 그는 십자가를 짊어지고 있다.

1월이 가면

눈이 옵니다. 하늘에서
천마산 등성이에 흰 눈이
이불을 깔아놓았습니다.
1월이 가면
꿈틀꿈틀 움직이는 생물들.
부드럽고 따뜻한 봄소식을
움추렸든 가슴을 쭉 펴고
봄이 오면
두릅이 자라나고 산수유가 망울지는
찬란한 대자연의
꿈의 이야기가 열립니다.

- 2010. 1. 31

＊ 삶의 노트
겨울이 내 가슴 깊은 곳에 봄이 있다고 말하면
누가 겨울의 말을 믿겠습니까.
봄에 핀 꽃은 겨울의 꿈이야기입니다.

기 력

몸 안의 힘을 잃어
일어설 수도 걸을 수도 없다.
신체 부자유 속에서 주저하는 나날들
기력을 잃은 탓에 동네 시장도 못 간다.
죽기 위해 사는 이율배반의 나날
날지 못하는 물오리가 하늘 날기를
수없이 원해도 좌절하고 포기한다면
죽은 목숨이나 다름없지 않은가.
다시 일어서야 한다
나는 해야 되고 말고
*월정은 여기서 끝나는 삶이 아니라
새롭게 태어나는 인생의 시련기임을.
- 2010. 2 .5

*월정 : 지은이의 호

✳ 삶의 노트
어떻게 사랑이 미움없이 존재할 수 있겠는가
어떻게 자애가 노여움없이 존재할 수 있겠는가
어떻게 삶이 죽음없이 존재할 수 있겠는가
어떻게 행복이 불행없이 존재할 수 있겠는가
어떻게 지옥없이 천국에 가기를 바라겠는가
그들은 서로 채워주는 사이이다.

내시경

오늘은 물까지 마시지 못하고 뱃속까지 비운 탓에
거의 실신할 정도에 정신까지 아득하다.
치료 받는 병보다 먹지 못하는 고통이 더 크다.
오후엔 4시간 동안 혈액투석을
내시경 결과는
별탈은 없어 보인다.
아멘!
- 2010. 2. 11

✱ 삶의 노트
흰 여백의 깨끗한 종이 한 장이 내 앞에서 빛난다.
그리고 하나님이 자신의 형상대로 지은 것처럼 나의 생각도 운율의
법칙에 따른다. 이 완전한 행복, 행복을 표현하는 화가가 있다면
이렇게 말할 것이다.
"행복은 생각에 찬 물감을 무지개로 칠하는 일이다."

상 처

왼쪽 눈자위에 일곱 바늘을 꿰멨다.
투석을 마치고 옷을 입으려고 허리를 굽히자
중심을 잃은 몸은 추풍 낙엽
꽝! 하는 순간 정신을 놓았다.
피가 뚝뚝 떨어지자, 아내는 어쩔 줄 몰라 당황한다.
발목 상처를 소독, 가슴은 상처로 꿰메고
왼손가락은 연고를 바르고 땜질이다.
오늘은 운 나쁘게 4번이나 상처 치료와 소독
집에 돌아오니 모두 슬픈 얼굴로 모여 있다
세린, 태우의 세배를 받으니 비로소
천만다행이라는 생각
내 삶이 타박상이다.
"하느님 감사합니다.
고맙습니다."
- 2010. 2. 13

✻ 삶의 노트
슬퍼하지 말라. 곧 때가 오리라. 그러면 우리는 쉬리라. 우리들의
십자가가 밝은 길가에 나란히 설 것이다. 그리고 비가 내리고, 눈
이 오고 바람이 불 것이다. 그러면 손을 잡고 쉬자.

울 보

이 밤이 새도록 나는 울고 싶다
모든 슬픔을 가슴에 안고
소리없이 울먹이고 싶다
철없는 소년처럼 눈물을 흘리고 싶다
가는 세월은 덧없이 흐르고
봄 여름, 가을, 겨울이 순례한다.
이미 내 이마는 겨울 밭고랑처럼 주름지고
머리칼은 헝클어진 갈대의 모습
작아진 키에 몸까지 쇠약해져
죽음의 그림자가 점점 자리를 넓혀 가며
안식의 잔치상을 마련하는 것 같다.
울보야!
걱정 마라. 부모 형제가 보고 있다
-2010. 2. 19

* 삶의 노트
나는 저 높은 하늘에 빛나는 별, 세상을 내려다보며 때로는 세상을
비웃으며 스스로를 불태우며 흩어지는 하나의 별. 이미 지은 죄에
새로운 죄를 지어 절망에 괴로워 하는 바다. 나는 견딜 수 없는 스
스로의 힘에 병이 든 사람.

마음

울적할 때는 언제나 죽음의 그늘
한없이 위로해 주는 미지의 세상을 향해
늙고 병들은 이 몸은
밥보다 더 많이 먹어야 하는 약
오늘 하루가 힘겹다.
이제는 병실이 집의 안방보다 익숙한 환자
내 인생의 끝이 보이는 것 같다.
월정아! 너는 죽는 날이 언제이며
누구를 위해 사는 것도 모른다면
남은 삶을 꿈처럼 살아서
천년의 학으로 다시 날아라.

– 2010. 2. 21

＊ 삶의 노트
사랑하는 사람은 두 개의 마음을 갖고 있습니다.
하나는 슬픔으로 아파하는 마음이고
또 하나는 그것을 인내하는 마음입니다.

혈액 투입

가끔은 혈액이 모자라 보충해 준다.
보호자 아닌 다른 환자가 확인 싸인을 하고나면
두 며느리와 손녀 손자가
병문안을 오니 이상하다.
왠지 요사이 자주 넘어지고
응급실에 실려가는 비상사태
가족들은 하루에도 몇 번씩 놀란다.
'에이! 속상해. 차라리–'
이제는 익숙해진 마음가짐이다.
온몸이 쑤시고 눈도 어두워져
생활 범위는 병든 짐승의 우리 안 만큼 좁다.
시야도 생각하는 것도
어린아이보다 못하다.
– 2010. 2. 28

✳ 삶의 노트
아내여! 당신은 혼자서 길을 찾아가고
나를 앞으로 나아가게 하라.
나의 길은 멀고, 피로에 가득 차 있고
가시와 밤과 슬픔 속을 지나야 한다.
어둠 속을 즐겨 걸어야 한다.

이삿짐

어제 예가를 대충 정리하고
오늘은 미주에 책과 가구를 옮겼다.
산더미 같이 쌓인 해묵은 살림살이
밀린 숙제를 다 하지 못한 마음처럼 언짢아진다.
30년간 병마와 싸우는 나를
탓할 수는 없겠지만
세상 물정에 따르는 것이 순서가 아닐까
하지만 예가에서 하다만 숙제는
풀 수 없는 삶의 방정식이었다.
아니면 상상 속에 사라지는 형이상학일까?
꿈결같은 추억 속에 묻어두기는 아깝다.

\- 2010. 3. 3

✽ 삶의 노트
사랑하는 이여! 과거의 물을 맛보려고 더 이상 애쓸 필요가 없다.
미래 속에서 과거를 다시 찾으려고 헛된 노력을 하지 말라. 순간마
다 찾아오는 새로운 삶의 모습을 보아야 한다. 그리고 그대의 기쁨
을 미리 준비하지 말라. 차라리 준비되어 있는 곳에서 또다른 기쁨
이 그대 앞에 나타나게 되리라는 것을 예감하라.

당신

새벽에 소리없이 떠난
내 님아!
텅 빈 방안에 체취만 남았을 뿐
아무런 흔적도 없이 바람이 스며든다.
하루 해는 저물어 어둠이 깔리는 시간
언제 오시려나
문밖의 발소리에 강물같은 기다림
잊었던 옛 추억의 친구들과의 해후
홀가분한 분위기에 잠시 젖어
새로운 세상에서 다시 살고 싶은
당신
어서 돌아오라.
정든 고향 같은 이 곳으로
- 2010. 3. 8

✳ 삶의 노트
사랑은 음식과 같다. 너무나 미묘하다. 정말 미묘하도록 아름답다.
그것은 음식이다. 풍요로운 영양분이 된다. 한 사람을 사랑할 때
심한 공복은 가라앉는다. 그러므로 당신과 나는 만족할 수 있다.

생신

엄마, 아빠의 탄신일이라고
인사동 '산촌'에서 사찰음식을 대접 받고
모두 모였는데 현석이만 없어
나영, 세린이 쓸쓸한 표정이다.
사위, 딸, 민섭, 현재, 영은, 태우.
우리 가족은 모여야
열 명.
선물로 대형 TV를
우리 삼남매에게 고마움을 치사한다.
천지신명님께 비나이다.
부디
우리 삼남매의 가정에 행복이 깃들기를.
- 2010. 3. 13

＊ 삶의 노트
하늘에 닿기를 바라는 나무는
땅 속 가장 깊은 데까지 가지 않으면 안 된다.
그 뿌리는 깊게
바로 지옥에까지 가 닿지 않으면 안 된다.
그래야 비로소 그 가지가
그 봉우리가 천국에 닿게 되는 것이다.

생 명

췱넝쿨보다 더 질긴
생명력은
오늘이 가고 내일이 오면
어제가 있었듯이
난 끝없이 살리라.
내 영혼은 영원한 사랑에
싹트고 자라나서
그대를 염원하리라.
- 2010. 6. 6

＊ 삶의 노트
외로운 날이면 나는 작은 방랑자가 되어 새벽의 여린 별빛이 사라
지면서 서서히 안개가 피어오르는 먼 계곡을 찾아 높은 산마루를
오른다.
가파른 암벽은 냉랭하고 견고하며 분명하게 모습을 들어낸다.
그러나 저편에는, 훨씬 더 먼 곳에는 행복에 찬 푸른 산의 모습이
빛나면서 나를 기다리듯 누워 있었다. 더 한층 숭고하게 꿈꾸듯이
말이다.
그 후에도 그 곳에서 많은 시간을 보내며 자주 그 푸른 먼 곳이 나
를 유혹하듯 손짓하는 것을 보았다. 나는 그 신비로운 힘을 거역할
수가 없었다.
왜냐 하면 그 속에서 고향을 느꼈고, 산마루에 오르면 언제나 타향
사람이 되어갈 수 없는 고향이라도 있는 듯 애잔한 그리움의 슬픔
을 맛보았기 때문이다.
마침내 나는 그것을 행복이라고 부르게 되었다.

독 백

아들아, 딸아!
걷지 못 하는 아빠
눈도 어둡고 귀도 안 들려
신장은 제 기능을 잃은 지 이미 오래이다.
무서움과 두려움에 떨고 있는
나는 한 마리 작은 새
한참 너희들을 도와주워야 하는 아빠인데
하루에도 엉덩방아를 세 번씩
활동을 못하는 앉은뱅이다.
"하늘에 계신 하나님 아버지!
도와주소서. 마음껏 다니고 싶습니다."
- 2010. 6. 7

✻ 삶의 노트
나는 누구인가? 자기라는 생각은 허구의 개념, 머리 속의 작은 거
품에 불과하다. 비누방울이다. 그 이상의 아무것도 아니다.

무더위

어제, 그젓께
그리고 오늘까지
기습 작전을 펴는 더위의 용맹
너무 더워 죽을 고비를 넘겼다.
무척이나 살인적인 열기였는지
내일은 비가 온다는 소식
오늘을 열심히 살아야겠다.

   - 2010. 6. 10

* 삶의 노트
나를 기쁘게 하여 준 것은 사랑과 비슷한 그 무엇이었다. 하지만
사랑은 아니었다. 많은 사람들이 이야기하고 갖고 싶어하는 그러한
사랑도 아니었다. 아름답고 황홀한 감정도 아니었다. 그것은 여자
로부터 오는 것도 아니었고 나의 생각 속을 거쳐 오는 것도 아니었
다. 그저 빛의 반짝임이었다고 말한다면, 나를 이해하여 주겠는가?
나는 그저 정원에 앉아 있었지만, 태양은 보지 않았다. 그러나 하
늘의 푸른빛이 엷은 물방울이 되어 금방 흘러내릴 듯 대기가 아늑
한 빛으로 반짝였다. 이끼 위에는 물방울 같은 불꽃이 보였을 뿐이
다. 그렇다. 길 위에 빛이 흐르고 있었다. 그 빛의 흐름 속에 금빛
거품들이 나뭇가지 끝에 알알이 맺히기 시작했다.

하나·둘·셋·넷

일어나 걸어서 통원 치료까지 받았다.
오늘 할 일을
얼마 남지 않은
세월 속에 남았을 뿐이다.
나가고 싶다. 이 지루한 일상에서 탈출하여
통찰의 안경 쓰고
두려움을 벗어버리고
넓은 세계를 향해
하나·둘·셋·넷을 부르면서 달리고 싶다.
나도 할 수 있다는
자신을 갖자. 용기를 갖자.

– 2010. 6. 19

✳ 삶의 노트
시간이 거슬러 갈 수 있는 것이라면, 과거가 돌아올 수 있는 것이라면, 나는 당신과 함께 달려가고 싶다. 젊은 날의 아름다운 사랑을 찾아 내 영혼이 위로 받을 수 있을 것인가? 그때의 나, 다시 한번 그 사람이 되어볼 수 있을 것인가?

새 벽

동이 튼다. 여린 동녘이 밝아 온다.
지샌 밤이었나. 이 해도 반년이 갔다.
병든 몸이라 설음이 더 많아
할 일은 쌓여 있는데, 폐물같은
고장난 삶
정신마저 몽롱하다.
벼랑 위에 올라선 듯 갈길도 아득해
한 번 가면 그만 아닌가.
정 두고 가는 길은
너무 멀다.
- 2010. 6. 28

✱ 삶의 노트
하루 하루가 계속되고 우리의 삶을 위해 또다른 날들이 어이진다.
수많은 아침과 저녁이 반복된다. 혼수 상태에서 벗어나지 못한 채
새벽이 되기도 전에 일어나야 하는 아침이 있다.
'아! 잿빛 음성, 새벽빛으로 영혼을 씻고 싶다.'

오장육부

뒤틀렸나 보다.
내 뱃속의 내장들이
기능은 마비되고 갈 길을 잃어
허둥대는 나의 일상과 같다.
가는 세월을 모르게 오늘까지 살아온
삶의 파편들
누구를 원망하랴!
내 탓인 걸.
- 2010. 7. 4

∗ 삶의 노트
인간의 고통은 숙명적인 것도 필연적인 것도 아니다. 오직 인간의
의식에서 좌우될 뿐이다. 인간의 능력으로는 해결할 수 없는 불가
항력적인 것들에 대해서는 운명으로 받아들인다. 하지만 인간의 노
력은 처절하다.
우리가 병에 걸리면 약이란 물질을 발명하여 생명에 도전한다. 그
러므로 인간이 오늘 보다 내일을 위해 건강하고 보다 즐거운 생활
을 영위할 수 있다는 것. 오늘날 우리를 괴로움으로 갇히게 하는
불행의 책임이 자신에게 있다는 사실을 믿지 못하겠다는 나약한 변
명은 궁극적으로 자신의 삶에 대한 회피다.

발목쟁이

심한 중상을 입어 무릎 아래
오른발 모두를 움직일 수 없어
불편한 몸은 꼴불견이다.
지난 토요일 화장실 문턱에서 넘어져
작은 아들과 아내에게 다급한 전화로
통보. 모두들 깜작 놀라
119로 안암골 응급실에 도착.
오늘의 내 모습이다.

\- 2010. 7. 31

✽ 삶의 노트

나는 오랫동안 '고독'이란 말을 잊고 있었다. 스스로 마음속에 홀로
잠겨 있었다는 것은 이미 내 존재가 아무것도 아니라는 사실을 증
명한다. 다만 나는 수많은 분신으로 나뉘어 떠돌고 있을 뿐이다.
그러므로 나는 방황하거나 아니면 나의 의식에 갇혀 견고한 성을
쌓는 이중의 고통을 겪지 않으면 안 된다.

월정

앉은뱅이다. 제대로 걷지도 못하니
휠체어에 몸을 얹어야
어디든지 가야 하는 가련한 월정!
병으로 포박당한 일상들 때문에
사람, 희망, 소망까지 잃어버린 것은 옛일이다.
가는 세월이 강물처럼 뜬 구름처럼
저 멀리 아주 먼 곳에서 달려 오라고 손짓하는 오후
두 눈은 보이지 않고 신장은 당뇨로
이미 기능을 잃은 지 오래이다.
이는 빠지고 부서지고 머리칼은 백발이니 어쩔 수 없다.
그래도 나는 살아야 한다.
'월정月汀!'
- 2010. 10. 3

✱ 삶의 노트
시계의 시간은 영원하다. 시계는 일초 이초 시간을 아로새겨서 열
두 시가 지나면 다시 또 일초부터 시작한다. 그러므로 우리가 잃어
버리는 것은 시간이 아니라 바로 우리의 인생이며 삶이다.

01191943

나를 지켜주는 요람이 있다.
8년 동안을 하루같이 보낸 화·목·토
내 이름보다 더 익숙한 요일들이다.
빗 속에서, 눈을 맞으며,
더위와 눈보라의 터널을 뚫고서라도 가야 하는 곳이다.
사랑하는 아내와 자식을 위해서라는
슬픈 변명을 하며 외로운 싸움을 해야 한다.
죽음을 위한 속죄이다.
이 세상에 죽기 위한 전쟁이 또 있을까?
하지만 내가 할 수 있는 일이란 이것뿐이다.
하얀 병실에 누워 얼룩진 세월의 그림자를
한 묶음의 약처럼 목으로 넘긴다.
이제 남은 일이 있다면
지난 세월을 아픔과 고통으로 삼켜야 한다.
한 알, 두 알 그러면 사랑도 추억도
다시 내 몸 안에서 하얗게 싹틀 것이다.
시신이 정지된 곳에서.
- 2010. 10. 14

✳ 삶의 노트
나의 이야기를 다 읽고 난 다음에는 이 책을 서슴없이 던져 버려
라. 그리고 밖으로 나가라. 나는 이 책으로 하여 당신들이 밖으로
뛰쳐 나가고 싶은 강렬한 욕구를 일으켜 주기를 바라고 있다. 언제
어디서든지 당신의 도시로부터, 가정으로, 밀폐된 방으로부터 오래
된 사상으로부터 탈출하라. '나를 영원히 잊으라고'

제2부

다시 남기고 싶은 삶의 여정들

내 고향

내 고향 청량리 언덕 위에 태어난 곳
떡정거리 마루턱에 우마차 위 장작더미
마장동 나뭇장에 새벽부터 날라 팔아
양주골 시골 노인들 흰 수염이 나부끼네
내 고향 청량리 미나리깡 위에 얼음 지쳐
사대문 안 중고생들 스케이팅 하러 와
전차 종점에 내려 딸랑딸랑 종치고 가는 전차
이리 밀려 저리 쫓겨 땀투성이 돼 오르내리는 손님들 이야기
내 고향 청량리 팔도에서 밀려들어와
오가는 승객들 손 흔들어 작별하니
서러워 울고 가네 왔다 기뻐서 얼싸안아
역광장에 모였다가 헤어지는 군상같으니……
내 고향 청량리 동대문 밖에 모여
동묘 가서 관운장께 아들 달라 빌었거늘
전농단에 임금님 행차하시어 황소잡아 제 올려
울창한 산림 속에 묻힌 듯 홍릉이 자리잡고 있네
내 고향 청량리 자나깨나 잊지 못할 곳
중량교 지나 용마산 중턱 망우리 공동묘지
추석 한가위날 모두 모여 조상님께 송편 올려
돌아가신 분들께 조상하고 돌아서서 눈물짓네

숲속의 藝家

천마산 마치고개 기슭의 예가가 있어
솔잎 사이에 아득히 산야가 보여
5월이 가면 초록의 산장이라.
초가삼간에 속삭이듯 밀어의 광장!
차와 음악이 청춘의 구가일세

경춘 고속도로갓 4차선 도로에
우뚝 놓여져 첼로의 음향에 은연해
논두렁 밭두렁에 산바람이 불어와
지나는 객손이 자리잡아 쉬어가니
영원하라, 수풀속의 묻힌 예가에라.

즐비한 관광 명소가 여기에도 널려 있어
오가는 손님들 시가詩家라고 손짓해.
아름다운 봄동산에 온갖 꽃 만발해
전통차를 마시며 아늑한 분위기를
잊지 못할 영원한 나의 보금자리여라.
- 98. 5. 16 예가에서

연민

작별한 지 반년이 지날 즈음
보고 싶은 그대가 그리워서
못내 아쉬워 눈물 지어 우웁니다.

한번 간 그대를 잊지 못해
오뉴월에 떠난 님의 흔적을 찾아
돌이켜 보며 뒤돌아보면서 찾습니다.

찬바람이 옷깃을 스쳐가고
한겨울의 매섭고 차디찬 냉기처럼
이내 몸은 그대를 잊지 않고 기억합니다.

반평생을 함께 지낸 바에야
무엇이 안타까와 떠나게 돼
이 작은 마음을 서럽게 하십니까.

- 99. 12. 15

93

들 풀

된서리 맞은 들풀을 아득히 쳐다보라.
장대비가 쏟아지는 한여름에도
홍수를 막아주고 아름다운 꽃을 피워 주었네.

삼천리 금수강산에 수를 놓았듯이
이름 모를 들풀 사이로 물줄기는 흘러내려
오곡백화가 피고 지고 열었어라.

연못 속에는 연꽃이 활짝 피었고
물가에 수선화가 하얗게 피어올라
우거진 들판에 들국화가 향기를 피웠네
아, 내 고향은 언제나 푸르고 푸른 하늘이어라.
- 99. 8. 4

돈타령

주워 담은 술 없는 게 돈이지.
한 번 나가면 돌아올 줄 몰라
들어오면 꽉 잡아야 하네.

슬그머니 부를 잡으면 부자가 되지.
못 나가게 슬기와 지혜를 다해 거침없이
뚝방 세워 막음이야.

스스럼없이 씀씀이가 조금씩 나가 모두 다
무너지는 경우가 있더라도 침착하게
구멍 뚫린 곳을 채워야지.

돈이 없으면 모든 사람에게 천대 받고
친구도 친척도 이웃도 내몰아 궁지에 빠져
물에 빠진 생쥐라네.

생활하는데 불편하고 남들처럼 가족들
구성하고 살 수 없어 뿔뿔이 헤어져
이산가족 되겠네.

거지처럼 살고 문전걸식을 하지.
사는 건지… 짐승들의 우리깐처럼
처참하고 볼품 없는 생애를 마치네.

- 99. 12. 12

마 성

예가의 야경은 흡사 마성과도 같아
아무도 돌보지 않고 와 보지도 않아
어둑컴컴한 천마산 정상만이
하늘과 맞닿아 곡선을 마주하네.

깊어가는 예가의 달밤이여
움푹 파인 듯한 마치산 골짜기에 잠겨
오가는 객손들의 핸들이 뒤틀려져
아, 은은하고 찬란한 예술의 전당이라고.

스키장에서 보나 기동차에서 차량 속에서
오르내리며 구도로 위에서 내려다봐도
악마나 악령이나 마귀들이 사는 곳
성곽 속에 묻힌 신비경에 휩싸인 듯해라.
- 2000. 3. 28

96

회상

시도 때도 없이 괴롭히는 내 사랑아
그리움과 외로움이 고독과 함께
몰려오는 듯 온몸을 감싸일 때였나봐.

내 사랑하는 님아, 어느 하늘가에
지난 밤의 북두칠성에 북극성마저
새롭게 찬연하게 비추이고 있었건만

깊어가는 가을밤에 시름을 잃고
먼 하늘 저 건너 영롱하게 비친 그대 모습
빙긋히 방울져 내린 이슬 방울에 맺힌 듯해

찬바람이 내 옷깃을 스칠 때마다
그리워지는 내 마음 수평선 위에 파고를
물끄럼히 내다보며 한숨을 쉬었어라.
- 2000. 10. 24

청 춘

내 청춘을 돌려주오
꿈 많았던 시절
무엇이나 뭐든지 될 수 있었던 시절이여
한숨 짓고 먼 옛날을 생각 키워봐
이게 아니었는데
나는 꿈꾸는 웨이터

내 젊음을 이어주오
사랑도 많았던 한때
누구든지 내 마음속에 아로새겼고
기쁨과 환상속에서 즐거움을 느껴
삶의 애착심도 몰랐던 희망 찬 나날이었다.
- 98. 3. 3 필부

노[老]

다 나가고 없으니
외로움이 왈칵 오고
괴로움과 슬픔이 엇갈려서일까 마는
모두들 내 곁에는 늙고 병든 자들만 남아
극성스럽게 옹졸하게 모여 들었네.

젊은이들은 타향에
늙은이들 만이 모여 앉아 지껄이고

인생무상이라
세월이 가니 주름살 투성이라
반백 머리칼을 나부끼며
죽지 못해 살고 있네.
- 98. 2. 10 필부

천복天福

한 끼 두 끼를 먹고 끼니를 채우니
만사휴이라. 신선이 따로 있나.

내게 준 일감이나 톡톡히 하면 되지.
잠시도 쉬지 않고 꾸준히 노력해서

안 되는 게 무엇인가. 천지신명이 알아
천복은 하늘이 다해 주시니 걱정일랑 말게

인간이 태어날 때부터 길흉을 타고나
천기를 누설할까. 쉬쉬 눈치를 살피니

내가 갈 길은 이미 정해 있거늘
오직 자신만이 모를 뿐
무작정 해놓고 보는 기라.
누가 뭐라해도 말야.

- 99. 8. 2

행로行路

인생의 행로가 죽기 전엔 멈추지 않아
목숨이 끊어지고 육신이 떠난 영혼만이
칠칠제까지 구천을 헤매고 다니겠지.

백년가약을 맺어 금실이 좋아
부귀다남에 영화가 자손만대로 뻗쳐
가문을 일구워 일세를 구가함이라 했거늘.

사람마다 타고난 개성과 천복 있어
마음가짐을 착하고 참신하게 한다면
하늘에 한 점의 부끄러움도 개운치 않으리.
정직하고 성실하고 부지런하면 천운도 따르리라.

- 99. 8. 4

한갑자 인생

한눈 팔지 말라. 딴 짓하지도 말고
생각했던 최선의 길을 버리고
바람부는 대로 물결 흘러가듯이 가랴

뜻이 있어도 마음이 흐트러지면 그만
어쩔 수 없어 끌려가는 듯한 기분이야
성인군자라도 구할 수 없는 지경에 빠져

지성이면 감천이야 정성껏 마음모아
삼백예순 닷새간을 하루같이 다져
심중의 지표대로 서서히 닳아가는 거야

친구도 좋아. 애인은 더더욱 좋구
내 갈 길을 방해하지 않는 한 괜찮아
그러나 정도에 지나친다면 낙오자가 돼.

구제 못할 폐인이 되고 패자의 길을
소리없이 자취도 꿈도 희망도 소망도
나 몰라 할뿐 지나쳐 간게 한갑자 인생

삶 Ⅱ

생활이 당신을 괴롭히더라도
언제까지나 좌절하지 말아주오.
세상살이가 고달퍼 지치더라도
희망과 양심만은 간직해 주오
세월 가고 비록 그 길이 사망의 길이라도
내 할 일은 유종의 미로 거두워 주오.

오, 무정한 나날들이여
아무리 비참해도 아쉬움과 함께
흐트러진 마음만은 바로 해 주오.
궂은 일만 있듯이 그렇다고
항상 좋은 일만 없듯이
굴곡진 인생살이에 참고 견디어 주오.
  - 98. 10. 10

길과 삶

내 갈 길이 어디까진가
앞으로 살아나갈 길이 아득해
굴곡진 나날 속에 묻혀서
생과 사의 사잇길에 엇갈려
방황하는 심사가 능청스럽다.

나의 삶이 엉망진창이야.
흥청망청할 때의 그날들처럼
아약하고 태연자약함이란
힘들고 힘겨워 힘찬 율동 잃어
체념 속에 갈 길을 잊어버렸다.

갈 길과 살 길이 막연한 듯
자포자기하고 될대로 되라고
체념한 듯 술취한 듯 넋을 잃고서
눈빛은 허공을 향해 허상만이
잠결인지 꿈결인지 몽롱할 뿐
 - 2000. 3. 8

생로병사

세상에 머리를 내밀고 울어대니
새로운 생명이 태어났음이야
벌거벗은 벌거숭이 아이는 눈 감은 채
어미의 젖가슴에 머리를 파묻네

눈을 뜨고 네 다리로 걷다가 일어나
두 발로 모든 만물을 보고 느끼고
살다보니 장성하고 배우고 성년돼
늙고 병 들고 죽고마니 그만일까

아! 생로병사라니 어처구니가 없어
인생살이야말로 번뇌라니
삶의 번민속에 때따라 살았어라.
진정코 악몽 속에 허덕이다만 셈야

- 2000. 12. 6

장벽

때가 오면 되겠지, 무한한 기다림
내가 내 길을 개척해야 되겠거늘
언제까지나 기다리다 지쳐서
저녁놀에 황혼을 맞아 저물겠구나

하늘에 눈이 펑펑 쏟아지던 날
호형은 시커먼 피를 토하고 가셔
1월 6일 오전 11시에 운명하셨지
자상하고 온화한 모습을 남긴 채로

아, 나도 형의 뒤를 따라가 볼까
어제 05시부터 내리는 눈발이여
오늘도 끊임없이 내리 퍼부어
더더욱 생각 키워지는 그 날의 응접실

시간이 없어 내 나이 63세야
쓴 글을 조그만치라도 세상에 놓아
사람들에게 읽혀지기를 원해
신춘문예란 장벽이 놓여있어, 참말로

대 망

내 꿈을 펼쳐라. 하늘 끝까지 맘껏 키워
생존의 엉클어짐에 혼란된 정령일까.
산다고 생의 보람 찬 내일을 향해
너와 나의 언약인 듯 주야청청하리라.

가고만 지난날의 일기장에 실망할까.
갈 길도 멀어 새로운 신천지가 기다려
잠시도 쉴 수 없고 잘 짬이 없어가니
내 길을 막지 말라. 허망한 꿈을 꾸랴

대망은 결코 실망이 될손가. 나서라.
당장은 될 수 없어도 어느 땐가 이뤄내
생각이 앞서고 그 길을 성심성의껏 가리.
막힘도 있을 게고 고난도 곤경도 있겠지.

나는 누구일까. 조국을 위해, 내 자손을 향해
무엇을 하고 남기고, 넘겨줄건지 몰라도
할 수 있다. 하면 된다. 장담할 수는 없지만
내 생명은 하나 내 갈 길도 오직 한 길뿐야.
- 2000. 3. 23

비애

슬픔과 빗물을 먹고 사는 청개구리처럼
내 눈자위에는 눈물방울이 고여
가슴을 쥐어 짠다네.

내 모친 가신 지 오래지 않아
살아 생전 모습대로 꿈에 뵈고
길흉의 나날을 보내고나면
슬퍼진다 해도 애달프지 않고
다시 아이되어 만날 때를 꿈꾸며
다시 잠이 든다네.
– 97. 9. 6 詩想:꿈에 뵌 어머니를 그리며

시상詩想

시는 추상화 같은 상상의 나라
한限 없는 듯
한恨이 서린 듯
망상의 세계 속

꿈의 세계에서 해매는 듯 하네만
망각 안에 숨쉬고 심장을 두드리네.

불타는 정열에 휩싸일 때
서정적 감동이 격할 때
사랑에 몸부림쳐질 때

이젠
구슬픈 곡을 하리라.
- 98. 02. 07

비창悲愴

슬픈 눈으로 보지 말아줘요.
나 슬프지 않아
동정어린 눈동자로
쳐다보지 말아요.
병마와 싸워 이긴 용사는 얼마든지 많아
오래 살지는 못했어도 행복하게 지내렵니다.

기쁜 마음으로 늘상 살고 싶어서
웃는 낯빛으로 억지로 꾸미듯
즐거운 노래를 불러서 흥겹게 살아보려
오늘도 살고 어제도 그러하듯
내일도 살렵니다.
- 98. 2. 7 필부

가련한 멧새

멧새야
너는 언제 황새같이 걸을까
어찌할까 가자니 그렇고
자리에 앉으려니
서럽고 부러워서 매양 슬프기만 하네.

가는 세월은 덧없이 흘러만가는 데도
그 누구를 탓하리까마는
설움이 앞서

못내 아쉬워 뒤돌아 서려해도
미련이 남으니
내 마음도 내 것이 아니네.
- 98. 2. 7필부

애모愛慕

사랑이 무언지 몰라도 감싸주는 것
포근히 감싸안아 솜털같이 따스해
언제나 부르면 내 곁에 있어줘
두 손을 마주잡고 위로하고 격려하네.

부드럽게 속삭여 주오
서로의 마음 교류로
나를 속이는 현실과
속아주기를 바라는 미래를 바라보면서
험준하고 고달프고 외롭고 고독한 이 심사를
손을 맞잡고 행복의 노래로 바꿔 부르세.
- 98. 1. 21 아내에게

사랑탑

아내 사랑하기를 내 몸같이
포근하게 감싸주고 사랑해 주어서
일심동체
음양의 조화

가정을 일구고 모든 고난을 극복하고
슬플 때나 기쁠 때나 희노애락을 함께 해
삶의 기쁨을 서로 나누며
이생과 저생에 후회함이 없기로 하세.
- 98. 5. 3 아내에게

적막감

흐르는 고요함이여
적막감이 절로 스며드니
침울하고 울적한 심사 달래어 볼라치면
어쩐지 내 마음은 허공에 뜨옵네다.

북녘하늘을 바라보며 부모님을 생각하니 보고파
내 양친들 돌아가신 후 외로워
양볼에 흐르는 눈물방울이여
쓰린 가슴을 부여안고 우옵네다.

늘상 돌이켜보면 마석 녹촌리에 아빠 생각뿐
현리길 구슬픈 이슬비를 맞아가며
마구 걷던 불효사직은 울며불며
내 엄마 가신 북한강물에 씻습네다.

아, 엄마가 그리워서
아빠가 하도 보고파서
한없이 울먹이며 울고 있습네다.

詩想:돌아가신 부모님을 그리며

청춘靑春

가고만 내 청춘 올 수 없는 내 젊음
이마에 잔주름살 투성이 흰 머리카락.
바람결에 휘날리는 잃어버린 옛 추억.

한시름을 잊고 서서 사시가를 불러
무정한 세월을 탓하랴 원망하랴.
살아 생전에 부모님께서 읊조린 말씀들.

젊은 시절의 희망, 소망, 사랑은 모두 가고
노구를 이끌고 뜬구름을 보며 무상이려니
체념 속에 세상을 내다보며 죽는 순간.
다시 못올 청춘을 회상하면서

- 99. 8. 4

겨울비

하염없이 내리는 겨울비야
차디찬 빗방울을 흘러내려
오가는 사람들의 머리를 적시네.

두툼한 오바깃에 물방울 맺어
소리없이 내리는 초겨울밤
통사정을 하듯 어서 오라.

비는 내리네, 우산도 없이
거리를 활보하는 나그네들
남녀노소를 가릴 수도 없어라.

역 광장에 흩어진 군상들
비를 맞으며 분주히 나다녀
생의 애착을 구가하기라도

내려라, 끊임없이 내리 퍼부어
IMF의 한파는 나름대로 내몰아
청량리 역전에도 새봄을 맞이하려네

- 99. 12. 4

사랑

깊은 산속에 흐르는 물과 같아
사랑은 오묘하며 신비스러워
울렁거리는 가슴을 움켜쥐고
허공에 눈망울을 굴리면서
눈물자욱에 젖은 채 무지개져
흐르는 마음의 행로인양
망각의 흐느낌 속에서 자신을 잃어
호숫가에 몸을 던져진 무영탑 그늘
님을 그리워하고 새롭게 움튼 사랑
그대 위한 무언의 정감에 휩싸여
이태백 시인은 흥에 취해 몸을 던져
한아름의 달님을 안고 행복에 겨워갔네.
- 2000. 5. 27

온 누리에 자비를

생로병사가 부처 깨달음의 원천
삼천세계 위에 열린 햄 계시니
온 누리에 자비를

부처의 보리수 가르침
47년 전한 말씀을 담은 화엄경
번민 속에서의 해탈

삭발한 머리와 함께 버린 귀족의 생활
아내, 그리고 자아
무아의 세계란 어떤 것일까?

아!
열반하고 싶어라
세상을 벗어나지 못하는
이 어리석은 월계
축적된 나의 시간과 정과 황금의 알이
나를 붙잡는구나.

- 98. 6. 18

마음

따뜻해지는 마음의 행로야
불현듯 태어난 불꽃의 전차야
욕망의 소용돌이 속에서 헤매였어라.

영광이여,
감동의 엇갈림 속에서
이상과 4차선 세계와의 대화 안에
응결진 갈망과 갈등의 혼합체일세.

부글부글 끓어 오르는 용광로의 열기여
사하라 사막의 소용돌이 속에서
오직 무풍지대의 남태평양 위에 일엽편주라네.

오가는 인정 속에 흐르는 마음아
흘러버린 과거에 추억의 나락들 모양
오갈 수 없는 곤경에 헤매일 뿐일세.

마음아, 흘러간 내 마음의 갈피야
지난 날의 옛 자취가 잊혀지기 전에
더듬어 보는 동심의 금잔디 위에서 살고 싶구나.
- 98. 1. 3

필연必然

내 인생을 어찌하면 좋을까
다리가 썩어가니 피가 흐리지 못해
피부에 꽃이 피는 게야 어쩐다
그래도 사는 데까지는 살아보는 겁니다.

양손가락이 터져서 쑤시고 아파도
60세인 걸. 세월이 내게 가르치는 걸 어째
참는 거야, 약 발라 잠시라도 쾌차해
좋은 세상을 볼려고 쌍심지를 치켜볼 겁니다.
- 98. 1. 3 필부

그대 뒤 모습

－아내에게

너무나 처량해.
한없이 애처럽게 느껴져
그대의 그림자에 눈 돌리니
한이 서린 듯 흔들리고 있네.

모정이
여인이 울고 있나
괴롭고 고달퍼서 일 게야.
손에 잡힐 듯,
쥐면 손가락 사이를 비어져 갈 듯
매정한 세상.
서글퍼서…

그 마음을 달래어 볼까 해도
끝없이 헤매이는 우울의 바닥
서글픈 그대 뒷 모습.

창공을 꺼이꺼이 날아가는 회색 비둘기
내 마음을 함께 허공에 띄울까나.
훨훨 날아 에펠탑에 함께 앉아
오순도순 지난 애기를 나눌까나.

세월歲月

기력이 모두 쇠잔했나? 비틀비틀 하니 말야.
가는 세월은 유수와 같이 빨리 가니.
걷잡을 수 없는 허탈감에 빠져버린네.

월화수목금토일 하면 일주일이 되고 말아
첫째, 둘째, 셋째, 넷째 주일이 가면 한 달이라.
달수가 열둘이면 한해가 가고 사계절을 보냈네.

한 살이 되면 엄마와 같고 젖먹고 자라.
엎어 기고 앉고 서서 아장장 걷다보니 걸어
샛하얀 이가 난 갓난아기가 되었구나.
생노병사가 따로 있을게 뭔가…
마치 하루살이 같은 인생인걸.

- 99. 8. 12

유정무정有情無情

있든 없든 간에 한번 인연 맺어
한평생을 살려니 청실홍실 엮어나
슬픔과 고통을 극복하고 괴로움도
기쁨과 즐거움을 만끽하고 살아.

유정이든 무정이든 간에 옷깃을 스쳐
천생연분이듯 꿀먹은 벙어리인양
눈이 오나 비가 오나 오직 한 길을 위해
춥거나 덥거나 정 때문에 살리라.

정정정 두고 가랴. 산수갑산을 가도
잊지 못해. 잊지 않아. 못 잊어 꿈에도
백년가약을 맺지 않아도 맺어도 그래
죽음이 눈앞을 가려도 흙이 덮쳐도.

유정무정이라. 검은머리 파뿌리 돼
호호백발에 잔주름이 거미줄 같아도
추억 속에 젊은 날을 잊어 손가 잊혀지나
세상이 바뀌어도 세월이 덧없이 흘러도
- 2000. 6. 24

친 구

철 모르게 함께 뛰놀던 옛 친구여
어느덧 한 세월을 보낸 듯해
잔주름이 무성하게 줄무늬져
반가움에 얼싸안고 어쩔줄 모르네

가버린 옛 우정을 새롭게 키워
여나믄 남아도는 동심에 놀라
잠들었던 듯한 어린 시절을 상기해
시간 가는 줄 모르게 밤을 지샐라

친구, 내 친구야. 너와 나의 추억을
끊을래야 끊을 수 없는 연환인양
죽음이 우리 사이를 갈라놀 때까지
잊지 않으리, 영원한 나의 동반자야.
- 2000. 9. 23

124

사진 몇 장

사진이 왔네. 파리에서 세 식구 사진
세린의 모습이 보여 반가웠지. 어제는
인큐베이터에서 고생한 갓어린 영아.

새벽 아침부터 전화가 왔더니만
어딘가 찾아가 저녁에 볼 수 있었지
4세대가 된 우리 집의 경사여서 말야

모두들 좋아했지. 새로운 생명이 태어나
만인의 축복을 받은 세린아, 아가야
건강하게 자라다오. 이 할배의 소원을.

동서로 나누어져 한국과 프랑스
서울과 빠리에는 오가는 비행기가 많아
멀고도 가까운 우리 사이가 아닌가베.

해가 뜨는 동해 넘어 태평양에서
유라시아 서쪽 끝에 놓은 대서양으로
지구 둘레를 맴돌 때마다 세린은 자라겠지.

무럭무럭 자라 우리 다 같이 만날 때
어여쁜 아가의 모습을 볼 수 있겠지.
머리는 노랗고 눈동자는 파래져 예쁘겠구나.
- 2000. 12. 30

김세린

나는 내 아가의 모습을 보았네
천진난만한 어린양의 자태였어
네게 줄 말은 오직 몇 줄 적어 찬사를

아가야, 이 세상은 넓고 넓어서
태어나면 곧 자라고 걷고 뛰지
배우고 느끼고 글을 쓰면서 기억하누나.

세린아, 난 너로 인해 할배가 되었지
인생무상을 느끼고 세대차를 감수하니
너의 출생을 반겨주리라. 언제까지나

지구촌의 이곳저곳에는 모두 달라
그러나 인류의 조상은 하나인고로
어느 곳에 가도 인정과 사랑은 충만해.

예수님도, 석가님도, 마호맷트님도야.
인간의 심성은 본래 태어나서 악함과 선함을
김세린이라 했나. 행복한 보금자리야.

– 2000. 12. 30

믿음

저녁 노을 질 때면
수면 위로 떠오르는 내 사랑
외로움에 겨워
먼 하늘 바라보네

생각의 갈림길에서 머뭇거리며
아무도 찾아주지 않는 밤이면
혼자 부르는 그리움의 노래
사랑은 오직 한 길이어라

지구촌 어느 곳이라도
마음은 항상
하늘과 땅 사이
님이 계신 속에 존재한다오

영원불멸한 창조주 하느님과 함께

고 독

고통이
아비규환의 용광로 속에서 끓을 때
고독은 비참해

춘삼월 따스한 봄볕에
꽃망울은 피어 오르고
응달진 샘터엔 냉이꽃 웃고
들판엔 아지랑이가 아롱이네

천마산에 봄눈이 가신지 오래
개나리꽃 노랗게 피고
산수유 촌색시 미소를 흘릴 때
낙엽 진 나무들 물기가 고여드네

가거라!
실망도 가고 소외감도 가라

오너라!
삼월의 밝음이여
안식의 봄이여

내 사랑

사랑하는 그대여 한 번 불러보네
어딜 가나 그대 사랑 못 잊어
은근히 스며든 사랑이었기에
깊고 깊은 마음속의 속삭임을

앉으나 서나 그대 사랑뿐
눈 뜨면 그대 생각에 사로잡혀
아플 때나 괴로울 때는 더 더욱이나
기쁠 때나 즐거울 때 생각나는 게

저 먼 하늘을 쳐다보며 한숨져
지난날의 추억들을 더듬어 보며
그대 사랑을 아직도 잊지 못하고
저녁놀이 서산 넘어갈 때까지도

한없이 불러보는 내 사랑아
내 곁을 떠나 저 멀리서도
지평선 너머 물결치는 수평선 너머 가리라
그대 사랑을 위해 언제까지나

민들레꽃

초가삼간 앞뜰
양지녘에
노란 민들레꽃 옹기종기 피었네

지난해 봄
솜털 같은 홀씨
바람 부는 대로 날아가
척박한 땅에
뿌리를 내렸다네

삼천리 방방곡곡
민들레 꽃밭이라네

동해물과 백두산이 마르고 닳도록
피어나는
우리 민족의 화신
민들레라네

지워지지 않는 그림자

비 오는 날에도
지워지지 않는 그림자
내 사랑아

그대
꿈길에도 찾아오지만
잠을 깨면
보이지 않는 허망한 그대

구름 흘러가는 곳
저 너머
그대 있다면
나 바람되어 찾아가렵니다

사랑의 열매란
맺지도 아물지도 않고
교차점 없는 평행선이라지만

그래도 나 갈거야
비 오는 날에도 지워지지 않는
그림자 찾아…

청량사 뒷길에서

사랑은
잡으려 하면
사라지는
신기루였습니다

그리움의 뒤끝은
풀 한 포기 없는
사막이었습니다

오늘도
나는 꿈길에서
그 옛날
청량사 뒤편 언덕길을 걷습니다

그대는 없지만
나는 여전히 청량사 언덕길을 걷습니다

행복에 젖기 위해
여전히 신기루를 찾고 있습니다

신은 공평하다

경북*도 나의 예가*에도 못 가고
병실에 누워 있다

405호실 여기가
내 집이다

하반신에 혈액순환이 잘 되지 않아
여러 날 병실에 갇혀 있다

신神은 참으로 공평하다

내게 남에게 손 벌리지 않아도
먹고 살 만큼 물질을 주었고
남양주 천마산이 보이는 곳에
꽤 근사한 집도 주셨다

아, 신이시여
당신은 왜
나의 건강을 질투하시나요

*경북 : 시인이 경영하는 음식점.
*예가 : 시인의 자택.

금지옥엽金枝玉葉

우리 부모님
살아 생전에 열두 남매 낳아
금지옥엽으로 길러주셨네

한 가지에 태어났으나
타고난 명 하늘만이 알아
살아남은 게 3남 1녀뿐

고생 끝에 낙이려니
이 내 몸도 부귀영화가 따랐어라

대를 이어 좀 더 나은
희망과 꿈을 키워 살아가리라

눈보라 치는 바람에 어둑해도
한겨울은 가고 새 봄은 온다네

이제 한 갑자의 삶 끝내고
주마등같이 스쳐가는
지난 생 돌아보며
두 갑자의 생 살고 있다

유서를 쓰고 싶은 날

전신이 부어오른다
얼굴은 물론 손가락에
두 발까지도

예순다섯이 되니까
나도 어쩔 수 없이
시속 65킬로로 저승행 열차를 타고 가고
퇴화의 속도도 나이에 비례한다

몸이 아프니 마음이 먼저 늙어가고
모든 게 귀찮고 허망하다
기권할 수도 인생의 사직서도 쓸 수 없는데
나의 퇴행은 저승길을 찾아가고 싶다

죽느냐 사느냐
갈림길에 서서 그래도 살아야 하는
나의 집착

가고 싶다,
고통과 괴로움이 없는 유토피아로

오솔길에서

담담한 표정이야 오직 한 길뿐
우주만상이 그렇듯
돌고 도는 세상만사
누구나 같아

같은 것 같으면서도 달라 보여
일정한 궤도를 순회하듯 하니
세월은 청산유수야

가자,
어둠이 걷히기 전에
일월성신日月星辰이 변해도 가자

흐르는 물에 이끼가 끼랴
구름 따라
바람 부는 대로 가자

이 밤이 지나면
광명의 아침 햇살 날 비추고
희망찬 오늘을 살리라

연 정

정 두고 가랴
아쉬움 속의 헤어짐이여
연모의 정 넘쳐 흘러
흐느껴 울 듯 울먹이네 그려

이다지도 애태우며 후회할 줄을
꿈에도 몰랐네
나의 사랑아
사랑한다고 언제까지나

영원할 거야
내 사랑은
죽음이
우리를 갈라놓을 때까지는
변치 않으리

사 랑

슬며시 스며든 사랑이었기에
자나깨나 그대 생각뿐이라네
앉으나 서나 그리움에 사무쳐
눈물 즈려 호소한다
내 사랑아

불타오르는
이 내 심정을
못 잊어
못내 잊기에
밤 가는 줄도 모르고
날이 샐 때까지
그대를 찾노라

진정 나
그대
사랑했노라고.

신 체

한 잠을 푸근히 자고나니
코감기인지 숨을 쉴 수 없고 답답해
왼쪽 눈은 희끄무레한게 안 보여
양 다리는 부어올라 물먹은 솜이야

왜 이럴까? 온몸이 만신창이 같아
왼쪽 귀는 쏴아쏴아 소리가 나고
오른쪽 폐는 우루루 쿵 진동을 해
그래도 말짱한건 정신이야

두 갑자
내 인생은 부실한 육신과의 전쟁이야
혈당에 인슐린, 혈압과 신장 모두가 부실해
유통기한이 다 된 것같아

짜거나 단 것은 삼가야 하는데
더 먹고 싶어 먹고 싶은데
못 먹는 것은 고문이야
아아, 나 종합병원이야

웃고 싶은 날

이런들 어떠하며
저런들 어떠하노
너털웃음을 웃어볼까
미친 듯이 마음껏 활짝 웃어볼까

웃는 얼굴에 침을 뱉으랴
소문만복래라지
복이 넝쿨째 굴러와
소문만복래라지

진흙탕에서 피는
연꽃의 미소로
오늘은 화들짝 웃고 싶다

시가詩家

천마산 마치고개 기슭
나의 보금자리가 있다
솔잎 사이로
천마산이 보이고
감미로운 첼로소리와
전통차의 향기
오가는 길손들 쉬어가네

오월이 가면
초록의 산장이다
시와 음악이 흐르는
나의 보금자리
시가라네

인종忍從

부럽지 않아
내게 족하면 충족해
하고 싶은 게 무진장이야
그러나 참아
불가능도 가능한 것도 허다하겠지만

참아야 되지 않겠나
열 손가락뿐
눈도 둘이요
귀도 둘
콧구멍도 둘
그런데 입은 하나가 아닌가베

다 알아도 다 몰라도 좋아
말하기를 황금알같이 여기고
참고 견디기 위해
어제도 살았고
오늘도 물론
내일도야

출근길

가자, 가자구나 눈뜨면 경북*에 가서
인생의 나갈 길을 열어놓아야 돼
사는 게 다 그런 거야

자신이 만들고 지키고
수정하면서 뒤돌아보면서
다듬고 미래향을 움켜쥐어야지

세월은 빨리 가고
봄, 여름, 가을 그리고 겨울
일 년이 가고 또 이듬해에 새 봄을 기다리듯

어김없이 찾아와주니
항상 봄맞이를 하랴
한겨울이 지나치려면 세기의 변동이련만

*경북 : 시인이 경영하는 음식점 이름.

세 월

가거라
이 가을이 가면 20세기도
돌아올 수 없는 망국의 한을 다물어
조국의 운명이 풍전등화와 같았어라

오너라
겨울이 오면 새 천년 밀레니엄
한민족의 슬기와 우수성을 발휘해
세계 속에 살고 지구촌의 역군이 되리라

오가는 세월 속에 숨겨진 너와 나
떠나려는 11월의 마지막 날 28,29,30
못다 푼 한을 남기랴.
가고 말 사흘을랑
기묘년 4월 6일생인 한 갑자 월정이라

천생배필

특별했던 만남
헤어질 수 없이
끌리는 천생연분

한 세상을 살아왔고
살아갈 거야
잠시라도 떨어지면
찾게 되고 궁금하고 착잡해

마음이 고와서일까
안쓰러워서일까

사랑과 미움이 엉킨
안타깝고 아쉬운
나의 천생배필

첫사랑

남모르게 숨겨진 듯
벙어리 냉가슴을 앓듯이
철 모르게 좋아만 했어라

더듬거리는 말소리에
두근거리는 가슴 속 고동소리는
들리지 않았기를…

하고 싶은 말을 잊은 듯
멍청히 서서 바보같이 웃어
왜 그래 되물으면
우물쭈물하였어라

미소 띤 얼굴에 넋을 잃고
뒤돌아 가는 채 내버려둬
따라갈 듯 서성거리다 말았어라

아름다운 님의 뒷모습
멀어져가는 그림자까지
아름다웠어라

행복과 슬픔

추억의 앞문을 열어보니
슬픔보다 행복이 더 많았어
사랑을 하고
결혼을 하고
아이들을 낳고

추억의 뒷문을 열어보니
슬픔도 많아
눈물 주르르 흐르지만

아
그때,
모두들 가난하고
모두들 배고팠지만
그래도 그 때가 좋았어

내일이 있었거든
해가 지면
태양이 떠올랐거든
이렇게
병든 몸이 아니었거든

환상

환상의 꽃동산에 내 인생을 걸어
장미꽃 붉은 빛깔이자
뻐꾹새 슬피 우짖던 목거리라네

현리길에 놓인 푸른 둥우리 무덤 같아
산비둘기가 외로이 쳐다보고 있어
한 쌍의 까치가 반가이 맞아주누나

보고 싶은 어머니의 모습 아롱거려
어디엔가 바람 따라 들려와
허공을 둘러보며
응에 응에

환상이라도 좋아라
되돌아간 어린 시절 더 더욱 좋아져
꿈결처럼 느껴지는 엄마와의 옛 추억이 새삼스러워

오늘이 엄마를 잃은
대상大喪의 이브이기에
더욱 엄마가 그립네

필 연

내 인생을 어찌하면 좋을까
다리가 썩고 피가 흐르지 못해
피부에 꽃이 피는 게야

어쩐다
그래도 사는 데까지는 살아보는 겁니다

양손가락이 터져서 쑤시고 아파도
60세인 걸 세월이 가르치는 걸 어째

참는 거야
약 발라 잠시라도 쾌차해
좋은 세상을 보려고
쌍심지를 켜고 지켜볼 겁니다.

타개책

서두르지 말자
급히 서둘러 되는 일없어
하찮은 인간이
아무리 발버둥쳐 봐도
저질러 일어난 일인 것을 어찌 하리

가슴을 쳐본들
하늘을 원망한들
모두 다 내게서 우러난 욕심인 걸
대평원을 쉬어가며 달려 좋았고

이젠 현실을 차분하게 직시하고
타개책을 세우리라

서글픈 인생

살다 지는 인생행로려가
죽음이 앞을 가려도 어찌할까
망설여지는 갈림길에서
옳고 그름을 알고 나아갈제
참선의 길이 활짝 열릴 것이네

서글픈 인생이 눈물방울로 가려도
애련한 심정을 가눌 수 없어서
울먹이며 서성거리니 한심스러워
애잔한 슬픔의 길목에 흐느껴
참회의 마음가짐을 저울질하리라.

心卽佛 心卽天

부처님의 좌측 손에 자비를
예수님의 우측 잔에 사랑을
머리에 하느님의 지혜를

쓰러져도 곤경에 빠져도
항상 도와주시고 위로해 주시니
굳은 신념은 어디일까

천국과 극락
다 내 마음 안에 있네

나그네

자고 가는 저 구름아
어디로 갔느냐
솜이불 같은 안개야
간밤에 꿈도 채 깨지 못해
어디로 갈까?

정처 없는 나그네길
방황하는 이 내 가슴을 안고
찬이슬을 맞으며 떠나련다

단골손님

언제나 오셔도 반가워
웃음꽃으로 맞습니다

된장찌개, 장터국밥이지만
눈이 오나 비가 오나
잊지 않고 찾아주시는
단골손님이시여
건강하소서

벙긋이 미소를 머금고 오소서
화들짝 웃으며
가족처럼 맞겠습니다

외갓집 안방 같은
경북식당에서
어머니의 손맛 맛보소서

오순도순

여생餘生이
얼마나 남았는지는 몰라도
사랑하는 아내와 자식들과
오순도순 알콩달콩 살 테야
전하여 주게 오순도순하게 살고파
가고 말면 그만인 것을 어찌하랴
자그마한 행복에 젖어 노닐고파
살아있는 동안만이라도 오순도순!
서로 즐겁고 유쾌하게 꾸미고파
이웃 간에 사이좋게 도우며 살아
이 세상을 지상낙원으로 만들고파
여생이 얼마나 남았는지 몰라도…

쓸쓸한 이 밤

고요한 이 밤
적막이 흘러
외로움 달랠 길 없어
한숨 쉬며 창공을 올려보니
보름 달빛에 기러기만 슬피 우네

온갖 고뇌를 물리치고
참신한 마음가짐에 힘입어
무아의 세계에서 선경仙境을 돌아보고
내 마음의 맥박소리에 귀 기울이네

쓸쓸한 이 달밤에 홀로 앉아
먼동 터 오를 붉은 햇살이여
오늘도 어제와 같이 영롱하게
그리고
내일의 영광으로 지켜 주소서

시時

때를 기다려야 하지만 너무 늦었다구요
내 나이 육십

때
대기만성
기다림
즐거움과 슬픔
원한과 정
시간에 함축된 많은 단어들

나의 기다림과 투쟁이
승리하기를 기도한다구요

기다려지는 마음

영영 오지 않는 님의 모습이여
땅거미가 지듯 어둠의 그늘 속에
가로등만이 뜸뜸이 켜 있었어라

가셔지지 않는 미련 속에
기다리는 마음이 오죽하랴
마음을 졸이며 고대하리

천마산 산봉우리나 산마루
하늘과 선을 긋듯 희미할 뿐 그 속
상상 속에 숨겨진 듯해

한정 없는 오늘이 어제와 같고
또 내일도 마냥 거듭될까
울적한 심사가 터질 것 같으니

은은히 들려오는 기타소리에
귀 기울여 마음을 가라앉혀
오시는 님의 발자국소리를 향하여

봄 눈

하늘이
무너지듯 쏟아져
질퍽하게 쌓이지만

어찌
계절을 속이랴

꽃샘추위가 눈을 날려도
봄은 봄이다

쌓였던 눈
봄눈 녹듯 한다

어머님 계신
현리 언덕바지에도
눈은 쌓였다 녹겠지